愛するあなたの子を授かって、十月十日後に死ぬつもり。

夕鷺かのう

朝日文庫

本書は書き下ろしです。

愛するあなたの子を授かって、十月十日後に死ぬつもり。

1

空っぽの子宮に隙間風が吹き込んでくる。

それは肋骨《ろっこつ》を抜け、臓腑《ぞうふ》を軋《きし》ませ、心臓に絡みつき、報《しら》せた。そこはもう、なんの命も育んでいないことを。


『ちいちゃん』

母が呼んでくれるその名前が、千夏子《ちかこ》はとても好きだった。

名前がチカコだから、ちいちゃん。彼女がまだお腹《なか》の中にいた頃から、「小さい命だからちいちゃん」とあだ名にしていて、せっかくだから生まれた後もそれを生かした名前に決めたのだ、と。母は千夏子にそう教えてくれたものだ。

生まれてこのかた、暮らしに困ったことはない。父も母も安定した仕事に就いていて、家はどちらかといえば裕福な部類だった。義務教育のうちから当然のようにキリスト教系の私学女子校に入り、高校三年生になれば猛勉強してストレートで国公立の大学に入り、優秀な成績で修士課程まで修了した。

『ちいちゃんは物語を作るのが好きだから、ひょっとしたら将来は小説家になっているかもしれないわね』

母の言葉を回想しながら、惜しい、と三十をすぎた千夏子は思う。小説家ではなくシナリオライター。順風満帆だったのは大学院を出る時までで、そこから今の地位を築くまで、なかなか色々な仕事を遍歴した。

小さなラジオドラマの単発シナリオなんてまだいい方で、よく名前を見かける売れっ子作家のゴーストライターなんて真似《まね》もした。創作の仕事は、それだけではなかなか食べていけない。生命保険の外交員と掛け持ちしながら、苦節七年。ようやく、テレビドラマなどの大きな仕事が回ってくるようになった頃、千夏子は生保レディを退職し、本格的に専業シナリオライターとしての人生を歩み始めた。

結婚相手になる上原仁《うえはらひとし》と出会ったのは、ちょうど生命保険会社を辞める直前だ。彼の勤め先の商社に出向いた時、偶然に同い年であったことから会話が弾み、意気投合してそのまま連絡先を交換した。交際が始まったのはそれから数日後。

水族館、映画、遊園地……。まるで少女漫画で見たような、お手本みたいなデートは、次第に旅行などの遠出に変わっていく。彼となら、不思議なほどどこに行っても楽しい。

仁は博識で、明朗闊達《めいろうかったつ》で社交性もあり、はきはきとした物言いは痛快だったし、何よりも大きな口を開けて笑うたび唇の端っこに少し覗《のぞ》く八重歯が可愛《かわい》くて、千夏子はその笑顔がとても好きだった。「俺、ちかちゃんの髪、長い方がいいな」と言われて、ボブだった髪型はロングに変えた。二人で観《み》るとどんなつまらない映画も名作になったし、会えない日も夜眠る前には必ず電話をして、くだらない話をしては笑い合った。

半年後にプロポーズされた時、驚くよりも前に「ああ、きっとそんな気がしていた」という感想が出てきたのも、さもありなん。運命というものがあるならきっとこの人で、このまま彼と結婚するのだろうな、と漠然とした予感を覚えていたのだ。そして、結果として予感は当たった。

艱難辛苦《かんなんしんく》はそれなりにあった。でも、その反面——頑張れば、がんばった分だけの努力が認められる。そんな人生を歩んできた。

だから、千夏子にとっては、まさに青天の霹靂《へきれき》だったのだ。

仁との間に、結婚して一年経《た》っても、二年経っても、子供ができなかったことは。

「排卵の時期も安定しているし、基礎体温の変動も正常の範囲内です。もっと詳しく検査してみなければ如何《いかん》とも言いがたいものの、今のところ、奥さんの体に目立った問題があるようには見えません」

不妊治療でかかることにした医師には、難しい顔でそう告げられた。言外の意味はわかっている。「女性ばかりに原因があるとは限らないのです。旦那さんもご一緒にクリニックにいらっしゃるわけにはいきませんか」とは、初回の診察時から言われていたためだ。

「主人は……」

そのあとの台詞《せりふ》は止まってしまった。

――不妊治療？　行けばいいんじゃないかな。いつまでも子供ができないのは問題だって、親父《おやじ》やお袋からもせっつかれてるし。

のんびりとした口調で仁に言われた台詞が、千夏子の頭の中で何度もぐるぐるとめぐっていた。

行けばいいんじゃないかな。

それはつまり、「自分の問題としては見ていない」ということだ。あくまで母体だけに原因がある。不妊の理由について、仁は少なくともそう考えている、と。

果たして。

「俺も治療？　なんでだよ。不妊治療って母親がするものだろ？」

帰宅した夫にやっとの思いで切り出すと、案の定の台詞が返ってきた。とっさのことに千夏子は面食らったが、慌てて言い返す。

「そうじゃなくて、私と仁くん、どちらが原因か分からないこともあるんだよ」

「悪いけど、仕事終わりで疲れてるんだ。この話はまた今度にしてくれない？　俺、まだ晩飯も食ってないんだよな」

「あ、ごめん。すぐ準備するね……」

確かに時刻はもう二十三時を回っている。確かに彼は疲れているだろうし、一旦は仕方がないか、と引き下がった千夏子だが、ここで引いてしまったことを後に悔いることになった。「その話はまた今度」と以後、彼がこの話を振らせない実績にしてしまったのだ。

「ん？　アサリってこんなに食いにくかったっけ……もう箸持つ手にも力が入んねえや」

遅い夕飯を取りつつ、味噌汁《みそしる》の具の貝から身を外すのに四苦八苦して不満を零《こぼ》す夫の後ろ姿を見つめながら、千夏子は喉元まで迫《せ》り上がったセリフを必死に飲み下した。

――また今度って、いつ？

――私は今すぐにでも子供が欲しい。

(ねえ分かっているの、仁くん。私はもう三十三なんだよ)

そろそろ子供ができにくくなる年齢に差し掛かっている。初産だということを考慮すると、経産婦よりもっと状況は辛《つら》い。それに、あなただって私と同じ年齢。今からすぐに子供ができたとしても、その子たちが大きくなる頃には、自分たちがいくつか考えてみようよ……。

胸の内に、どす黒いものが湧き、積もっていく。

そうだ。たった一人で産婦人科に通いながら。毎日毎日、胸の内側に、同じ重苦しいものが溜《た》まりゆくのを感じていた。その都度、「そういうものだ」と繰り返して押し殺してきた。

「今日の魚、なんか味薄くない？　俺、もう少し甘めのが好き」

夕飯の赤魚の西京焼《さいきょうやき》をつつきながら料理の感想を言う夫に、いつからだっけ、と千夏子は思う。「この人が私の料理を褒めなくなったのは、いつからだっけ」……一つ気付くと、心にプツン、と針で刺したような痛みが走った。刺し痕はそのまま風穴になった。そしてよくよく思い返せば、風穴は今回の一つだけではなかったことに気づくのだ。

『仕事は続けてくれて構わないよ』

結婚を決め、その後の生活について相談していた時も。

『姓は上原でいいよな？』

婚姻届を役所に提出した時も。

『席次表作っといたから』

結婚式の招待客が、当然のように夫の方が多く、自分の仕事先や友人の配分が少なく設定されていた時も。そして、特に相談もなくスピーチも新郎側の友人に設定されていた時も。

――まあ、そんなもんなのかな。

周りも、何も言わなかった。だから、「あれ？」という違和感は、きっと考えすぎなのだろうと捉えていた。だって、自分は幸せになるのだから。愛する人と結婚して。この人と、ずっと一緒に、私はあたたかな家庭を築いていくのだから。そうだ、子供ができれば、きっと些細《ささい》な違和感などどうでも良くなる。子供が、子供さえできれば……。

心にふり積もっていく小さな「あれ？」の瞬間瞬間を、千夏子はそうして見ないフリをした。黙殺した疑問の数は、そのまま心に空いた風穴の数になった。

――まさか、「子供ができない」という可能性について、その時の千夏子は一切考えてはいなかった、けれど。

食事と風呂が終わった後、早々に一人でベッドに入った夫のいびきを聞きながら。

「どうして、きてくれないの」

平たいままのお腹と空っぽの子宮をさすり、千夏子は虚《むな》しくなって呟《つぶや》いた。

「……私のちいちゃんは、いつになったらきてくれるのかな」

お腹に宿った小さな命だから、ちいちゃん。

三十三年前、自分ができた時の両親の喜びを想像して、それすら辛くなった。

意識してしまうともうダメだ。街角で子供服の店を見れば心臓が苦しくなったし、ベビーカーを押しているお母さんとすれ違えば嫉妬で気が変になりそうだった。

どうして私のお腹は空っぽなんだろう。私だって、早く、大きなお腹をさすって、生まれくる赤ちゃんに思いをはせたい。男の子でも女の子でも構わない、私のもとにきてくれるなら。それなのに、どうして。

考えても仕方がない、体質と時の運なのだから。そんなふうに言われて素直に納得できるなら、きっとこの世の誰も不妊に悩んだりしていない……。

＊

仁の協力を得られないまま、手探りの不妊治療を続けて、二年が経過した頃。

「おめでとうございます」

通い詰めたクリニックで、すっかり親しくなった初老の医師にそう言われた時、千夏子の両目からは自然に涙が溢《あふ》れた。

(本当に、妊娠してた……！)

生理が来ないな、と感じてから、妊娠検査薬が使える時期になるまでが、待ち遠しくて仕方が無かった。妊娠の確認欄に二本目の線が浮き上がって来た時は、とにかく驚いて。何かの間違いかもしれない、間違いだったらどうしよう、と、一度結果が出たはずなのに、結局三箱も無駄に検査薬を使ってしまったのだ。

（妊娠五週目かぁ……）

生まれて初めて撮影したエコー写真には、確かに小さな胚《はい》が写っている。何度も何度も確認したが、そこにはやはり、小さな命の証拠があった。

「ちかちゃん、子供できてたって、本当に⁉」

その日の仁の喜びようときたら、まさに残業の疲れも吹っ飛ぶようで。

「ありがとう。ありがとうな、ちかちゃん……俺を〝お父さん〟にしてくれて」

「もう、気が早いよ仁くん！　けど、まだ状態が安定したわけじゃないから、周りには秘密にしておいてくれる？」

「俺たちの子供なんだし、きっと大丈夫だよ」

無事に生まれてくれるのか、どうなるか分からない。今の段階ではまだなんとも。産婦人科ではそう言われていたが、仁はもうすっかり生まれてくる気になっているらしい。なかば涙ぐみながらまだペタンコのお腹を見つめる彼に、千夏子も目頭が熱くなった。

その日は久しぶりに二人で身を寄せ合って眠ることにし、ベッドの上で、楽しい今後の予定の話をポツリポツリとした。

「なんかさぁ、不思議な感じ。実感わかねえや。ほんとにここに、俺たちの赤ちゃんが入ってるんだなあって。赤ちゃんが生まれるまでは、十月十日《とつきとおか》って言うよな」

ヘッドボードのそばにある淡いオレンジ色のスタンドランプの光量を絞りながら、仁は感慨深そうに呟いている。昔ながらの、赤ちゃんがこの世に生まれてくるまでの期間。十月十日が経てば、お腹の命はこの世に生まれ出てくる。改めて、まだまだ平たいままのお腹を摩《さす》ってみると、その事実が、千夏子にもとても神秘的な気がした。

「ふふ。それが、実際には十月で、数えるのは週数なんだって」

視線を巡らせ、「十月十日」の響きに感じ入っている夫に、千夏子は微笑《ほほえ》んでささやく。

「週数？」

「うん。月じゃなくて、週なの。子供ができた！ って分かった後に思い返して、最後の月経が始まった日が、妊娠ゼロ週ゼロ日」

「なんだそれ、まだ子供できてねーじゃん」

おかしそうに肩を揺らして仁は笑った。千夏子も笑う。

「それで、排卵して受精するのが二週目、着床が三週目。ここまでが妊娠一ヶ月。このへんは、まだ妊娠初期ですらなくて、超初期っていうの。で、今は妊娠二ヶ月のはじめで、五週目？ みたい」

「ふーん……知らなかったよ……」

耳を傾ける仁は眠そうだ。だんだん、返事にも欠伸《あくび》が混じり始める。きっと仕事でひどく疲れているのだろう。あまり反りの合わない上司としょっちゅう衝突していて、ストレスがたまるとも言っていたから。

知らなかったよ、の一言にうなずいて「そうだよねえ、私も」と同意しながら、千夏子はぼんやり思う。

(うそ。私は、知っていたけどね)

だってずっと、待っていたから。

不妊治療のために産婦人科に通って、他の妊婦さんたちを横目で見ながら。膨らんだお腹を、あの人は何ヶ月だろうか、いや、何週目なのかな、なんて。羨みながら、ずっと勉強してきたから。

(なぁんて、今はどうでもいいか……)

今このお腹に命はある。過去なんて、だから、どうでも。後は、無事に生まれてくれるまで、この子をしっかり守っていくだけだ。

「妊娠十六週目、五ヶ月目から安定期。八週目ごろから母子手帳がもらえるの」

返事はこない。仁はもうほぼ夢の世界のようだ。見下ろせば、ぐう、と呑気《のんき》に鼻を鳴らしている。男の人の寝顔ってどこか無邪気であどけないよね、なんて。昔と呼ぶにはそう遠くもないはずなのに、結婚当初のころを思い出したりしながら、千夏子はその肩まで布団をそっと引き上げてやる。

二十二週からは早産。正期産は三十七週ゼロ日から。十月十日、ようは妊娠十ヶ月と十日後とは、四十一週めをさす事になる。四十二週からは過期産、つまり育ち過ぎ。

(早く母子手帳が欲しいなあ……たしか、ここの自治体のデザインは、有名なデザイナーさんに依頼したやつで、可愛いんだよね)

思いを馳《は》せながら、ふと不安もよぎる。

——子供が生まれたら、私は仕事をセーブする事になるだろう。

仁は仕事がとても忙しい。いや、忙しいなんていうものではなく、残業に次ぐ残業で、毎日げっそりと疲れて帰ってくる。会議が夜から入ることもザラらしく、午前様が基本だ。

(子供が生まれた後の育児は、全部私になるのかな。そもそも、……立ち合いはしてくれる、よね?)

それを聞くのが、なぜか怖い。

(しばらくは実家の力を借りるとしても……そのあとは……)

子供にかかりっきりになっている間、積み上げてきたキャリアを失うリスクは、千夏子の肩にだけかかるのだろうか。それは、いつまで？　一年やそこらで済むはずはない。小学校に上がるまで？　義務教育が終わるまで？

——それは「私が背負うのが当たり前のこと」なのか？

（やめよう！　せっかく念願の赤ちゃんが来てくれたんだ。こんな仕事なんだし、……私の裁量で仕事のペースだって決められるんだから。きっとどうにかなる！）

「ちいちゃん。……お母さん、頑張るからね」

白いリネンのパジャマの上から、へその下、子宮の辺りをそっと撫《な》でる。そこにある新しい命に、祈るように語りかけた。自分で言ったくせに、初めて使った「お母さん」という一人称に、少しだけ気恥ずかしくなる。

これで、やっと「普通」だ。

目指す未来に近づける。

無意識のうちに千夏子はそう思っていたし、もう少しあけすけな言い方をすれば、たかを括《くく》っていたのかもしれない。子供ができたのだから。もう「大丈夫」だ、と。

＊

安定期まで待てとは言わないけれど、せめて母子手帳をもらえるまでは、まだ子供ができたことを内緒にしておいて欲しい。仁には、口を酸っぱくしてそう伝えていたはずだった千夏子だ。

「嫁さんに子供ができたんだよ」

けれど、仁は早速周囲にそう言って回ったらしい。義両親から気の早すぎるベビードレスや新生児服が届いたことで、千夏子はそれを知ることになった。そうすると、なし崩しに自分の親にも言わないわけにはいかなくなる。とはいえ、医師には「週数相当の育ち方で、今のところ順調ですよ」と言われていたし、きっとさほど問題はないだろう。

(やっと、妊娠七週。もう少しで、母子手帳をもらえるくらいには、この子も安定してくれる)

ただ、仕事先には妊娠のことを切り出すことができなかった。

ちょうどその時、大きなシナリオ企画のチャンスが巡ってきたところだったから。

――黄金枠《ゴールデン》のドラマで、かつて視聴率二十パーセントを叩《たた》き出していた作品の第二弾。その脚本家が体調を崩して降りることになったから、急遽《きゅうきょ》代打が必要になった。

依頼を受けたのは妊娠よりも前の話だし、二つ返事で承諾してもいた。

なにせこれ以上ない巡り合わせに思われた。あらかじめスタート時の視聴率は保証されているようなもの。もともと手掛けていたのが尊敬する脚本家だったこともあって、千夏子も何度もＤＶＤを見返したし、一般に販売されている資料集や考察まで読み込んでいたのだ。世間からの高い期待を裏切らないレベルで、やりきれる自信があった。経験だって積んでいるし、自分ならば。

(もう引き受けてしまった件だし、脚本だって途中まで上げている。それに、私がやって前提で進行中の話を、途中で投げ出すなんてできない。そもそも代打で受けたものをさらに自己都合で辞退なんて、考えただけでもぞっとするもの)

何よりも、チャレンジしてみたい。代打だけあって、スケジュールは相当に厳しい。でも、やるしかない。ここが分水嶺《ぶんすいれい》だ——

徹夜が続いた。

妊娠中だから、カフェインを取るわけにはいかない。コーヒーもエナジードリンクも頼れないから、眠い目を無理やり擦《こす》り、さらには腕をつねったり、シャーペンの先で突いたりしながら、どうにか意識を保ち、パソコンに向かう時もあった。

そのうちに、トイレに行くと下着を血が濡《ぬ》らしていることが重なるようになってきた。不安になってネットを検索すると、『着床出血』の該当がある。妊娠初期、特に問題がなくとも出血することもままあるらしいと。ならばきっと大丈夫に違いない……。

出血の量は、日に日に増えた。とうとう生理用のナプキンをつけるほどになった。それでも、きっと大丈夫だと自己暗示をかけた。「俺たちの子供なんだし、きっと大丈夫」、そう言ってくれた仁の台詞を、金科玉条のように反芻《はんすう》した。この子は無事に生まれてくる。きっと何事もなく、十月十日を過ごすことができる。根拠もなく盲信したまま——

そうして、ドラマの脚本も、第三話まで順調に上げていた時だ。

「赤ちゃんですが、……成長していませんね」

二週に一度の検診で、産院の医師は眼鏡を押し上げて切り出した。

「そろそろ心臓の拍動が見え始めてもおかしくない頃なんですが……胚が、二週間前から全く成長していないんですよ」

「それってどういう……」

「まだ確証は取れないんですが。進行流産の可能性がかなりの割合である、ということです」

「……流産」

「このところ出血はありませんか？　少し多めの……」

そのあとの記憶は曖昧だ。「この時期に流産するというのは、十人に一人か二人程度は出ることなんです。流産も子宮にとっては妊娠の実績となりますから……」や、「もし流産だとしても、今なら重めの生理のようなレベルで、母体への負担もまだ少ないので……」というフォローが続いていた気がするが、よく覚えていない。

「今週末に、もう一度胚の様子を確認してみましょう。それでもし成長が見られたらもうけものです。……そうでなかったとしたら、自然に出てきてくれるのが一番ですが、手術による掻爬《そうは》も視野に入れる必要がありますから」

ことだ。一度できた赤ちゃんを、人の手で掻《か》き出すことだ。

(流産でもそういうことがあるんだな……)

堕胎の知識として聞き覚えはあったが、望まれた妊娠でもそのような手段で取り除かれることがあるのかと、ぼんやりと千夏子は考えた。なんでもいいから考え事をしていないと、頭がどうにかなりそうだったから。

けれど。

結果として、手術の必要はなかった。

それは、帰りがけに、突然だった。

産婦人科を出て、自宅に向かう途中の路上で――お腹の奥から、ぶつん、とはっきりした音が響いたのは。

そのまま、ドロリと何かがナプキンに流れ出てくる。命の気配だと分かった。そこにあったはずの新しい命が、明確に失われた証《あかし》だ。

そのまま、止めどなく血液とともに吐き出される「赤ちゃんだったはずのもの」を感じながら、千夏子は大きくため息をついた。痛みはない。ボロボロと溢れてくる涙をどうすることもなく、すれ違いざまに怪訝《けげん》なまなざしを向けてくる通行人たちから顔を背けながら。帰路から一転、赤ちゃんがいなくなった確認のために、産婦人科に引き返す道を、歩き続けた。

妊娠八週、三日目。

千夏子のお腹に宿っていた命は、母子手帳すら受け取れないうちに、永遠に失われてしまった。

──今の時期の流産は、決してお母さんのせいではありません。赤ちゃんの方に何らかの問題があった場合のみです。だから、ああしていればよかっただとか、決してご自分を責めないでください。

産婦人科を出る間際、医師からは繰り返しそう言われていた。

──本当に？

本当に自分のせいではなかったのか。根を詰めて仕事をしたことは、なんの影響もなかったのか。本当の本当に？　仕事を断ってさえいれば、この子は。

千夏子は考える。考えても仕方がなくても、考えずにはいられない。

……その日は、もう何もする気が起きなかった。

ドラマの脚本も手につかず。「書かなきゃダメだな、締め切りが迫っているのに……」と他人事《ひとごと》のように思う。次は第四話だ。自分は、代打で、だから無理だってして。遅れるだけでもどれだけ迷惑をかけるか。早く、早くやらなければ。とびきり明るいコメディ回。明るくて楽しくて、そんな話を……。

(やらなきゃ……。せめて仕事は。私に残っているのは仕事だけ。やらなきゃいけないのに……なのに何も、考えられない)

夫が戻ってきたのは、いつも通り、午前零時を回った頃だ。

流産のことを切り出すのはひどく気が重かった。

「あのね、……赤ちゃん、ダメになっちゃった」

その一言に、仁はまずひゅっと息をのんだ。

「何それ、どういう意味」

「そのままの意味よ。流産したってこと……」

「ハァ⁉ だからそれ、どういうことだって訊《き》いてんの！」

皆まで言い終わらないうちに、彼は大声をあげた。

「なんでだよ！ もう親父もお袋も子供が生まれる気でいたんだぞ！ 会社にもそのつもりで話してたし、どう説明するんだよ‼」

「……え」

なんだ、それは。

鬼気迫る表情で叫んだ夫の顔を、千夏子は呆然《ぼうぜん》と眺めた。真っ白になった頭の隅っこに、投げつけられた単語がわだかまっている。

(説明、って)

――失われてしまった命より、そんなことが大事か。

「そもそも、お前が母親の自覚もなく、無理を押していつまでも仕事なんかしてるからだろ。だから俺は辞めとけって言ったのに」

極め付きに吐き捨てられた一言にめまいがする。

(なんで)

言葉の衝撃をそのまま受け止めることが、しばらくできずに。失われてしまったお腹の中のその子に、逃避のように呼びかける。

ちいちゃん。やっときてくれた、私のちいちゃん。あなたをずっと待っていたのに。

まだ膨らみもしないお腹をさすりながら呼び掛けた、かつての自分と同じ名前を思い出す。

私のお腹の小さな命。ちいちゃん。どうしていなくなってしまったのだろう。

私がいけなかったのだろうか。

彼の言う通り、仕事を辞めなかったから？

……自分の出世にこだわり続けて、心の底からは母親になり切れていなかった、ということ？

自分を捨て切れなければ、お母さんにはなる資格がないということなのだろうか。

――いつまでも仕事なんかしてるからだろ。

夫に吐きかけられた唾のような一言が、ねっとりと耳奥に絡みついている。

その晩、涙はもう出なかった。食べ終わった食器をそのままに、風呂に入るなり早々にベッドでいびきをかく夫の寝顔を見つめながら。空虚な子宮の中に、びゅうびゅうと冷えた風が吹き込む音を、千夏子はただ、聞き続けていた。

＊

「ちかちゃん。俺考えたんだけどさ。親父やお袋には、流産のことはまだ告げないでおこうと思うんだよな」

翌朝起き出してくるなり、夫は「おはよう」よりも先にそう切り出した。

「だから、お前のところの親にも口止めしといてくれよ」

「え……だって、言わないといけないことでしょう。お義父《とう》さんもお義母《かあ》さんも、すっかり孫が生まれてくるつもりでいるんだから……」

千夏子は、クローゼットをチラリと見やる。そこには、来るべき日に備えてしまいっぱなしになっていた、義両親から送られてきたベビードレスがあるのだ。男女どちらでも使えるデザインだとはいうが、純白のレースに縁取られたそれは、見るからに女の子向けに見える。そういえば「どうせ産むなら一姫二太郎がいいわよ」と、義母には繰り返し言われていたような……。

「いつかでいいだろ。今じゃない。俺んところもお前んところも実家は遠いんだし、しばらくは誤魔化《ごまか》し効くと思うから」

「でも、先延ばしにしたって何もいいことないじゃない」

「今は楽しみにしてるんだからさ。それに、流産したなんて……恥ずかしいだろ」

（え？）

千夏子は目を瞠《みは》った。

（……恥ずかしいことなの？）

それは、後ろ頭をハンマーで殴られたような心地だった。

――流産は恥ずかしいことなのか。

赤ちゃんを産んであげられなかったから？　ちゃんとお腹の中で育ててあげることができなかったから？　恥ずべきこと、責められるべきことだった、のか。

「とりあえず、そういうことでよろしく頼むわ」

一方的に伝えた後、千夏子の作ったスクランブルエッグとチーズトーストを食べ、仁は出て行った。バタン、と玄関ドアの閉まる音と同時に、入籍と同時に買った2LDKが、急に広く寒々しく感じる。「二人で並んで使おうね」と、座り心地を一緒に吟味して決めた本革のソファも、彼が選んだ毛足の長いラグも。何故《なぜ》だか今は妙によそよそしく、馴染《なじ》みの薄いものに変わったような……。

（そういえば、家事を彼が手伝ってくれたことなんてなかったな）

赤ちゃんができた時もそうだった。「無茶するなよ」と口で心配はしてくれたけれど、何かを代わってくれることはなかったし、食事も決まって注文をつけられた。ものをとろうと屈《かが》んだり、高いところに手を伸ばすときは、「気を付けろよ」と口で言ってはくれる。けれど、それだけだ。代わりに取ってくれるわけではない。詰まるところ「無茶」とは、千夏子が仕事をすることについてだけで、それ以外の家のこと一切は、自然とそのまま「妻の仕事」で据え置きだった。

一度、せめて洗い物だけはやってほしいと頼んだことがあったけれど。彼はひどく不機嫌になったうえ、まだ泡の残った皿や汚れがこびりついた鍋を、乾いた食器の上から洗いカゴに積もうとするものだから、慌てて止めたのだ。

――やり方があるなら自分でやればいいだろ！

仁の怒声は音が割れるほど大きく、焼けつくように耳に残る。夫のものに限らず、千夏子は大声が苦手だった。そばで誰かが怒鳴られているだけで身がすくむのに、自分に向けられたものだと尚《なお》のことだ。思い出すたび、きゅっと心臓が縮こまる心地がする。

（今は……そんなこと考えても仕方ないのに……）

＊

先週には妊娠九週目も終わりにさしかかるころ。

あと少し待てば、母子手帳がもらえていたはずだった、と千夏子はぼんやりと考える。もう、流産してから、二週間近くも経っているのに。

(何やっているんだろう、私。……頭が働かない)

――やっと得たはずの、大仕事。例のドラマの脚本は止まっていた。

流産の日からずっと、何度パソコンの前に座っても、一文字も出てこない。それどころか、枕から頭が上がらないのだ。出かけていく夫のために朝食を作り、見送りをしたあと、汚れ物を洗濯機に放り込んで、そのままベッドに倒れ込む。気づいたら昼過ぎだ。意識を失うように、泥のごとく眠っていたはずなのに、体はひどく重くて、頭の奥にずしんと疼痛《とうつう》が残る。手足を動かすだけで、シーツの上に体力が流れ出ていく気がした。

不調はそれだけではなかった。

特に悲しいものを見るなどしていないのに、気づけば頬を涙が伝っている。何をしていても眠気が取れない。胸のあたりに、何か空気の塊が詰まったような、重苦しい感じがあり、呼吸ができなくなる。

『上原さん、シナリオはどうなっていますか。締め切りを大幅にオーバーしています。このままでは収録のスケジュールに間に合いません』

仕事が手に着かなくなって最初のころは、留守番電話サービスに、進捗を案ずる電話が一日に何十本と入っていた。折り返さなければと思うのに、なんだか頭も体もうまく動いてくれない。――電話はそのうち鳴らなくなった。

深夜には決まって目が覚めて、意味もわからないほどの強い焦燥に苛《さいな》まれた。誰もいなくなった、平たいお腹を押さえて、そのたびにあの日のことを思い出した。

ぶつん。

あの無情な音。

やめて、お願い、行かないで。泣いても、声を嗄《か》らして叫んでも、いなくなってしまった我が子はどうしようもない。下腹部から血の塊が流れていく悪夢を繰り返し見た。夜が来るのが、怖くなった。眠れない。眠るのが怖い。目を瞑《つむ》るとあの音が聞こえる。

睡眠不足とストレスのせいか肌ががさがさになり、指先にささくれが目立ち始めた。めくれた甘皮を、ついひきむしる癖もできた。爪は荒れてひび割れ始めたのでそれも剝《む》いた。痛いはずなのにやめられないのだ。というより、痛みを感じていると、それに集中できるから安心できる。無意識のうちに、引きちぎった指の皮や爪のかけらが白く点々とテーブルにたまり、指先から血が噴き出している。そういうことが常態化しつつある。

（あ、……これ。ダメなやつだ）

頭の奥で、ぴぃっと汽笛のような音が聞こえた。本能の警告だ。千夏子はただ、純然たる事実としてそれを認識した。

（――今の私は、まともじゃない）

＊

「あー……抑うつ状態ですね。お薬を処方しますので、また二週間後に来てください」

「はあ……」

白を基調とした室内に観葉植物の緑が映えるクリニックで。静かに告げる医師に、緩慢な動きで千夏子はうなずいた。

（まさか、私が心療内科にお世話になる日がくるなんて……）

処方箋《しょほうせん》薬局の自動ドアをくぐりながら、さてどうしたものか――と千夏子はぼんやりと考えていた。

（……仁さん、私が心療内科に行ったって聞いたら、どんな顔するだろうか）

――親父やお袋には、流産のことはまだ告げないでおこうと思うんだよな。

ふと、彼に言われた台詞が脳の片隅をよぎる。
（心配は……かけるだろうか）
不思議と。心配されるよりもまず、叱られる気がした。心療内科なんて体面が悪いと。
そんなに弱い人間だったのかと呆《あき》れられる予感すら。……なぜだろう。
――流産したなんて恥ずかしいだろ。
思い出される台詞に、ぎゅうっとまた心臓が締め付けられるように苦しくなる。
（……仁さん）
彼が好きで、そばにいられると幸せで。
だから結婚した。そのはずだった。
その隣で無邪気に笑っていた日々が、ひどく遠い気がする。ただ、縋《すが》るように考える。
子供ができれば。彼との子供さえいてくれたら、もう少しだけ「何かが違う」気がする
のに……。
仁とは、子供を作るようなことは、流産の後、当然のことながらさっぱりしていない。
（もう一度、あの人と……やり直せる？）
それすらもうわからない。
帰宅した後、ノロノロと靴を脱いで部屋に上がり、テーブルに薬の袋を放り出す。顆
粒漢方と錠剤とで風船のように膨らんだ紙袋。セロトニンの不足がどうとか医師は言っ

ていたけれど、実のところよく覚えていなかった。何かに集中するのが、このところしんどくてたまらないのだ。この胸の重苦しさを取り除いてくれるならなんでもいいと、処方された白く細長い錠剤を口に含み、コップに充《み》たした水道水でゴクンと飲み下す。

（仕事も、信用失っちゃったし）

結局、あんなにも張り切って臨んだドラマの脚本は、降板することになった。することになった……というより、自然と仕事が消滅したと表現すべきか。心を病んでから出られなくなった電話が、とうとう鳴らなくなったしばらく後、途中までの報酬やエンドクレジットの方法などが記載された事務メールが一本来て、それでおしまい。最初の話数ぶんの所定の金額が振り込まれたら、もう縁が切れてしまうだろう。

妊娠も、仕事も、手に入れようと欲張っているうちにどちらも失ってしまった。

これからの予定は何もかも真っ白だ。

（本来なら、今日で十週目……母子手帳をもらっていたら、あれこれ記録をつけているのかな）

そのまま、誰もいない自宅のリビングで、昼の青空が茜色《あかねいろ》に染まり、やがて月の浮かぶ紺色に変わるまで、千夏子は窓を眺めて過ごした。……夕飯の支度をしなければ。今日も仁は遅いのだろう、胃もたれせずあっさり食べられて、安眠出来そうなメニューを……無理だ、何も思い浮かばない。部屋の中は、明かりもつけずにいたから真っ暗だ。

……何をやっているのだろう、自分は。

不意に。

ぽん、と音を立てて、スマホの待ち受けにメッセージアプリの通知が表示される。仁からだった。

『今日、急に会社に泊まり込みになった！　晩飯もいらないから』

（……そっか）

そういえば忙しくなりそうだと言っていたっけ。とうとう泊まり込みか。大変だ、大丈夫だろうかと夫の体を案じる気持ちはあるが、寂しさはない。むしろ、「今日はもう、自分のことだけ考えればいいのか」とほっとしている自分に気づき、千夏子はまた切なくなった。

時が経てばそのうち聞こえなくなると思っていた、子宮に吹き込んでくる風音は、

――未だ止《や》まない。

＊

ちいちゃんがお腹に「いれば」、十三週目の月曜日がやってきた。

朝などという時間はとうにすぎ、気づけば十二時だ。そろそろストップしていた仕事

も再開させなければいけない。千夏子の働く業界は、一度失ってしまった信頼関係は取り戻すのが難しい。千夏子ももう三十五歳。つまりは妊娠だけでなく、仕事だってそろそろ堅調に次につなげていかなくてはならない時期。

具体的にこれからどうするかを考えなくてはならないと、頭では分かっているのに、やはり頭も体もうまく動いてくれない。鉛を飲んだように重苦しい胸からつかえは取れず、ベッドから身を起こすのもひどく億劫《おっくう》だ。最近は、夫に揺り起こされるまで自分で起き上がることもままならない。

のろりと立ち上がり、キッチンに向かう。緩慢な仕草で湯を沸かし、黒ずんだ茶渋の落とし切れていないマグカップに一人ぶんのドリップコーヒーを淹《い》れながら。もう、しばらく仁の顔をまともに見ていない気がする、と千夏子は思う。そもそもあの人は、どんな顔をしていたか。集中すればぼんやりと思い出せたが、会話の記憶は曖昧だった。最近何を話しただろう。

（仁くん……今日も、泊まりだろうな）

夫はそもそも午前様がベースで、休日出勤になることも少なくない。けれど、繁忙期だからだろうか。ここのところずっと、会社に泊まり込んだり、千夏子が寝静まってから帰ってくることが増えた。

（忙しいなら仕方ないよね）

掃除の回数が減っているから、部屋は以前よりも雑然として見えた。食事だって、前は一人でもきちんと食べていたのに。最近はなんだか食欲がなくて、それ以前に、どうにも生存本能というもの自体が減退してしまったようで、何も喉を通らない。こんな状態ではいけない、どうにかしないと、と焦る気持ちも、次第に薄れつつある。

ふと。

ベッドの上からクローゼットを見つめてみる。その奥には、使われる予定のなくなったベビードレスが眠っている。そしてその後、――「ちいちゃん」がいなくなった後も実家や義実家、仁の同僚たちから送られてきた、数々の妊娠祝いも。

（このところずっと眠いのに、目を閉じても眠れない……）

カーテンを閉め切って薄暗い部屋で一人まどろんでいると、ぽん、と音がしてスマホの画面が明るくなる。義母からのメッセージだった。

『千夏子さん、余計なお世話だったら申し訳ないけれど……戌《いぬ》の日の予定をそろそろ決めた方がいいんじゃない？』

「あは」

失笑が、誰もいない寝室の空気を揺らす。

戌の日。神社に安産を祈願して、腹帯を締める。それはこの胎《はら》にちゃんと命が残っていればの話だ。もうすぐ安定期に入ろうかという時期なのに――仁はまだ、流産のことを両親に伝えていないのか。

（それはそうか……）

義母は一人息子の仁を溺愛していて、それだけに孫の誕生を心待ちにしている。実は義実家だけでなく、自分の両親にすら流産のことを話していない。「話すタイミングは俺が決めるから今は絶対言うなよ。もしもお前のところの親からうちの親の耳に入ったら、水の泡だからな」と、仁に口止めされていたままだったので。後ろめたさはありながら、なんだかんだで千夏子もそれを吞《の》んでしまった。自分も一人っ子だから、初孫をどれほど楽しみにしてくれているかは容易に想像がついたし、何よりも無邪気に「若いんだから、またすぐできる」とでも励まされたらと思うと、余計に恐ろしかった。不妊治療のことも、どちらの両親にも内緒にしてあるのだ。

真実を打ち明けるチャンスなのかもしれないが、そこで不意に、仁の顔が浮かんだ。『いつまでも仕事なんかしてるからだ』――義両親の性格を考えれば、夫と似たり寄ったりな台詞を投げつけられることは容易に想像できたし、常ならばいざ知らず、今の自分の精神状態でそれに耐えられる気がしなかった。

仕方がない。小言のひとつももらうかもしれないが、「戌の日の行事は、遠方からわざわざ足を運ばせるのも憚《はばか》られたので、手短に二人だけで終わらせてしまった」とでも言って誤魔化そうと嘆息する。となれば、自身の実家にも同じように説明しなくてはいけないし、移動が大変なので里帰り出産はしないつもりだとあらかじめ予防線も張っておかねば。仁とも口裏を合わせねばなるまい。友人たちにはまだ妊娠について話していないから、そこは幸いとして……。

（……どういう状況、これは？）

そこで、はたと我に返る。もはや胎内にいもしない子供の成長を想定し、遠からず絶対に露見する嘘《うそ》を周囲に吐《つ》き続ける。我ながらやっていることがあまりにばかばかしくも奇矯すぎて、苦笑すら漏れない。

（でも、戌の日……普通はそうだよね。ちゃんと順調に育っていれば、十三週目。もうあと三週で、安定期……）

スマホを伏せ、千夏子は平たい腹を見る。そういえば、友人が妊娠した時は、三ヶ月ごろからお腹が膨らみ始めてきたっけ。「出るのが早いから男の子かも」なんて経産婦の別の友達が言っていたけれど、生まれてみたら女の子で……。

あれは何年前だっただろう。産院に見舞いに行った時、新生児ベッドの中で眠る、友人の赤ちゃんはとても可愛かった。細く柔らかな髪がくるくると巻いていて、小さな手足が切なくなるほど眩《まぶ》しくて……。

「うっ……ぉえ、……」

急激に吐き気がこみ上げてきて、千夏子はトイレに駆け込んだ。そのまま便器に突っ伏して、胃の中のものを全部吐き出してしまう。何も食べていないから、黄色い胃液だけが、消臭剤の色が溶けた青い水にぼたぼたと落ちていった。

――どうしてこんなことやってるんだろう。

冷静に自分を嘲《あざけ》るほかに、もう一つ、声がする。

――これ、つわりだったらよかったのにな。

それは切実な希求だった。つわりだったら、きっと苦しくても耐えられた。誰もいないお腹を抱えて、何もない胃から胃液を吐いている今の自分の滑稽さときたら。

(仁くん……)

便座に突っ伏したまま、千夏子はぼんやりと夫の顔を思い浮かべた。こんなのはよくない。早くどうにかしないと。彼にも心配を――迷惑をかけてしまうから。

焦りだけは無駄に募るのに、何かをしなくてはとは思うのに。行動にいざ移そうとすると、体が動かない。糸の切れたマリオネットにでもなった気分だ。

いつまでこんなことが続くんだろうか。布団の上で日がな過ごし、夕暮れ時の茜空をぼうっと窓越しに見つめ、夜になっても眠れない。そんな生活が。胃の中身を全部吐き切った後、洗面所に這《は》っていく。口を濯《すす》ぎ、顔に冷水を浴びせた。鏡を見れば、目の下にくっきりと赤黒いクマを浮かせた、疲れ切った老婆のような女が映っていた。

＊

ちいちゃんがお腹にいれば、十七週目の月曜がやってきた。

こういうのは日にち薬、という言葉を千夏子も信じていたが、期待とさかしまに気鬱は日に日にひどくなる一方だった。気晴らしに本を読もうとしても文字は頭を素通りし、ネットサーフをしていても、何も見るものがない。けれど、なんとなくスマホをいじってしまうし、そうすると、SNSを通じて知人たちの情報が頭に入ってくる。仕事のこと、趣味のこと、家族のこと、……子供のこと。

『新しく任された仕事のプロジェクトが忙しくて、てんやわんやです』

『今日は嫁さんとの五回目の結婚記念日！　前から行きたかったイタリアンでお祝いディナー、なんとお店からサプライズでデザートプレートにおめでとうのメッセージが』

『子供が三歳の誕生日で、バースデーケーキ作りに大忙し……』

（新しい仕事、いいな）

（結婚記念日のお祝い、今年はしてないや……去年もか）

（子供の、誕生日……）

スクロールすれば、友人の息子のかわいらしい写真が現れるはずだ。ぷっくりとまるい頬、澄み切ったつぶらな目、満面と呼ぶにふさわしい幼い笑顔。本当なら見るだけで癒されるはずのそれらをどうしても見たくなくて、スマホの電源ごと落としてしまう。他人の幸せな情報を見て、余計に惨めな気持ちになる。よく知っているはずの、祝福すべき相手の楽しげな様子すら、心を削る。そんな自分が嫌になる。

（関係のないものじゃなきゃ、って思うのに。頭がそこから離れてくれない）

キッチンに逃げ込んで、今日の分の薬を飲み、せめて眠った後に悪い夢だけは見ないように、と願いながら大きく息を吐き出す。心療内科には、夫に隠れて通院を続けているが、黙っていることも、黙らなくてはいけないことも精神に負荷を与えた。それが、理解されたい寂しさなのか、罪悪感なのか、自分でもよく分からない。

このところは、よく眠れないという訴えのために、睡眠導入剤も処方に追加された。飲むと夢も見ずにぐっすり休めるけれど、眠りに落ちる瞬間の、意識が深みに沈み込んでから暗転するような奇妙な感覚になかなか慣れないことと、寝覚めの後もぼうっとして頭が働かないのを引きずってしまうのが難点だった。使うたびに脳が摩耗する気すらして、敬遠しているうちに、薬は少しずつ余った。

余った薬は、捨てずにすべて保管した。明確な目標があってのことではない。が、漠然と、自分がこれを使ってどうしたいのか、何かしら予感じみたものはある。それがどういうものか、具体的に考えるのは、本能的に危険な気がしているけれど。

いまだに爪のあたりの皮を引きむしってしまうせいで、ほとんどすべての指先に絆創《ばんそう》膏《こう》が巻かれた手で、千夏子は顔を覆い、深く息を吐きだす。

（苦しい）

苦しいのに、どうやったらこの苦しさから逃れられるのかが分からない。

（けど……私って、こんなに弱い人間だったんだ……）

改めて思い知り、愕然《がくぜん》とした。

（たった一度の流産で、こんなに何もかも台無しにして、心療内科に通って薬をもらわないといけないくらいに壊れて。時間が経ってもぜんぜん抜け出せない。私って、こんなにダメなやつだったんだ）

己への失望で、足元が抜けるような心地がした。今まで、それなりに苦労も努力も重ねて、困難も切り抜け、いっぱしの人間として相応に強さもしなやかさも身に着けてきたと思ってきたのに。一気に自分という足場が崩れて、地底に引き込まれるような、とてつもない不安に襲われる。そもそも何者であった気でいたのだろう。赤ちゃん一人、お腹の中で孵《かえ》すこともできずに。私はダメな人間だ。私はいやなやつだ。私は、私は。

（このままじゃいけない）

心療内科では、「不自然に不安を覚えたり、ネガティブ思考になって自己否定してしまうのは、今の脳とこころの働きのせいです」と告げられていた。落ち着け、と念じても、ざわざわと胸騒ぎがおさまらない。深呼吸を繰り返す。

（なにか、なにか落ち着くもの）

（ちいちゃんのことを、考えずにいられるもの……）

（助けて。誰か助けて）

誰かに助けてほしい。いいや、誰も助けてくれるはずがない。

この気持ちを誰かに聞いてもらえるならと、悩みの相談ダイヤルのようなものを検索してもみた。ホームページから繫《つな》がる、電話番号を大きく表示した赤いダイヤルボタンは、けれど、どうしても押すことができなかった。

（ここですら突き放されたら、私は、もうどこにもこの気持ちを持って行くことができなくなる）

臆病さが逡巡《しゅんじゅん》となり、枷《かせ》に変わって、ボタンをタップする指を止めた。

たとえば、自分が、自分の相談を受ける立場だったらどう言うだろうか。「気にしないのがいいよ」「忘れたほうがいいよ」……きっと、そんな風に声をかけるに違いない。

でも。

（気にしないのも忘れるのもできっこない。いなくなってしまったちいちゃんから目を背けても、絶対に思い出してしまう）

それならいっそ、——自分から、向き合ってしまったらどうだろうか。

ふと思い立って、千夏子は寝室に向かうと、クローゼットの奥にしまってある収納ボックスをひとつ引っ張り出した。中には、今まで友人からもらったお土産だとか、デザインに惚れこんで買ったものの使い道のなかった小物類などがしまいこまれている。とくに千夏子は文具収集が好きで、可愛らしい便箋やメモ、マスキングテープなどを見かけたら、ついつい買い込んでしまう癖がある。

（たしかこの中に……）

収納ボックスをごそごそと漁《あさ》り、やがて千夏子が取り出したのは、B5判のデザインノートだった。

可愛らしい花柄のパターンが彩るピンクの表紙に、中の罫《けい》線にも草花があしらわれていて、「シナリオの構想を練る時にでもこういうものを使えば、ちょっとテンションが上がるかもしれない」というねらいのもとに衝動買いしたままになっていたのだ。

千夏子はリビングに取って返すと、システム手帳に挟みっぱなしになっていたエコー写真を、そっと抜き取った。流産するまで、産婦人科に通ったのは、たった三度だけ。写真は六枚しかない。心臓の動きすら確認できないまま途中で成長を止めてしまったその子の写真たちを、ノートのページにそっとはりつける。さらに、とびきり気に入りの、カラフルなガーランド柄のマスキングテープで、縁を飾った。

一枚目の写真の傍らに、ボールペンで診察の日付を書きつける。それから。

『はじめまして、ちいちゃん！　今日は、はじめてちいちゃんの妊娠が分かった日。お母さんとお父さんのところにきてくれてありがとうね』

メッセージを書いて、ハートマークをつける。

その途端。少しだけ、何か重い物がすうっと消えるような、子宮の中に吹き荒れる風の音が少しだけましになったような――いうなれば、何かが〝報われた〟心地がした。

「……」

無言のまま、千夏子は次の写真も別のページに貼りつける。それから、また一言。

『今日は少しだけ胚が大きくなっていましたね。このままどんどん、すくすく大きくなってね！　ちいちゃんのこと、お母さん待ってるからね』

そうやって作業を続けていると、やがて最後の写真になってしまう。なぜならこの日、千夏子はそのまま帰りがけに――

『産んであげられなくてごめんね。お母さんのところに来てくれてありがとう。さよなら』

本来ならば、そんな風に綴《つづ》るのが正解だと、千夏子にも分かっていた。けれど。

『八週目。今日はとうとう、心拍が見えました！　すごいすごい、ちゃんと大きくなってくれているんだね』

実際には、手が勝手に動いて、そんな言葉を記していた。

そこからは、もちろん写真がない。でも、まるで本当にエコー写真があるかのように、千夏子はマスキングテープで囲いだけを作り、傍らにメッセージを連ね続けた。

『九週目。とうとう念願の母子手帳ゲットです。とっても可愛いデザイン。これから、ちいちゃんのことをたくさん書いて行こうと思います』

『十週目。つわりはしんどいけれど、ちいちゃんに会うためだと思うと辛くないよ。お母さん頑張るからね』

（私、何をやっているの？）

はじめこそ不健全なことをしている自覚はあった。

けれど一文字書くごとに少しずつ安らぎ癒される「何か」が、その後ろめたさを掻き消していく。

『……十三週目。安定期が待ち遠しいです。お腹が出てくるのが早かったのもあって、だんだん体が重くなってきたなあ』

『今日は十七週目。とうとう性別が』

「……女の子かな、なんとなく」

ひとり呟いて、そのまま文字にしてみる。

今日の分までの架空の妊娠記録を終えてしまうと、どっと肩から力が抜けた。

(私、ほんっと何やっているんだろう……)

途端に、なんとも言い表せないむなしさが胸に満ちる。こんなことしたって、なんにもなりはしないのに。

(……けど、やっぱりだ)

子宮のなかで少しだけ止んでいた隙間風の音が、書き終えた途端に勢いを取り戻す。

けれど、この架空記録を書いている間だけは――。

改めてため息を吐き出し、千夏子は額を押さえ、もう一度同じ疑問を繰り返した。

「私、……何、やってるんだろ……」

*

思いつきで始めた架空成長記録を、それからも千夏子は書き続けた。

『十八週目。お腹をはじめて蹴ってくれた！　力強く、ぽこんって』

『二十二週目。せっかちにぽこぽこ叩いてくれるけれど、お腹の中でゆっくりしていてね』

その時期の正確な情報が分からなくて、ネットで『赤ちゃん　お腹を蹴る　いつから』と調べたり、胎教のことを検索したりもした。空っぽの胎に妄想を続ける空虚さと、不思議と満たされる思いと。どちらも抱えたまま、千夏子はこの奇妙な習慣を変えられずにいる。

『三十五週目。絵本の読み聞かせをしているけれど、お母さんの声は聞こえているかな？』

『三十週目。お母さんと、キックゲームをするのにも慣れてきたね。とんとんとん、って三回お腹をたたいたら、ぽこぽこぽこ、って蹴り返してくれて嬉《うれ》しかったよ。ちいちゃんはきっと元気で、おりこうさんになるね』

『三十四週目。正期まで残すところ三週間！　お腹が張って苦しいことが増えてきたけれど、あともうちょっとでちいちゃんに会えると思うとなんのその！　お母さん、頑張るからね』

　モーツァルトの曲を聞いたり、赤ちゃん用のポピュラーな『はらぺこあおむし』や『いないいないばあ』の絵本をこっそり揃《そろ》えたりもした。義母からもらったベビードレスを水とおししながら、果たして自分は何をしているのか？　と我に返って自問自答を繰り返す。哺乳瓶や粉ミルク、赤ちゃん用の肌着やツーウェイオールを通販で購入して、むなしくなって持て余す。

　ばかげているどころの話ではなかった。何もかも、明らかに奇行と呼ぶべきものだ。今の自分は、絶対におかしい。誰にも言えない。特に、夫になんて絶対に告白できない。

おかしいことは分かっているのに、やめられない。そして、妊娠している空想を続ける。子宮に吹き込む冷たい隙間風から、ただ逃れたい一心で。

そうして、気づけば三十九週目。

——あと一週間で予定日。十月十日までなら二週間あまり。そうしたら、この『妄想妊娠』ともお別れだ。その後どうなるのか、自分でも分からなかった。

（今日も、仁くんは遅いみたい）

彼の仕事が忙しくなって、そろそろ長い。

ピンチヒッターになるはずだったドラマの放送もとっくに始まってしまった。録画はしてあるが、気が塞いで見ることができなかった。今は何話目だろうか。第四話からの方が出来がいい、と言われていたらと思うと恐ろしくて、ネットの感想もシャットアウトしている。

どうにもやることがなくなって、興味もないバラエティ番組を、一人でソファに腰掛けながら見るともなく流し見ていた千夏子は、メッセージアプリに届いた夫の言葉を思い返していた。

『今日はすごく遅くなるから、飯はいらない。ひょっとしたらまた泊まりかも』

素っ気ない一言が届いたのは午後六時ごろで、二人ぶん作っていたクリームシチューは、結局千夏子一人で食べることになった。この調子だと、明日も同じだろうか。

（このところは、少なかったのになぁ……）

仁がこんなに遅くなるのは久しぶりだ。二ヶ月ほど前までが最もひどい時で、毎日のように泊まり込んでいたけれど、ここ最近はまだ常識的な時刻に帰って来る。彼の仕事は変則的で、一年のいつが特に忙しいと決まっているわけではない。遅くなるにせよ泊まるにせよ、仕事のために他ならないのでとくに理由を尋ねたことはなかったが、とりあえず繁忙期を抜けたのだ、と千夏子は判断していた。

シチューの残りは明日食べるか、とも思うが、正直このところ本当に食欲がなくて、数口含んだだけで気分が悪くなってしまい、一人前も食べられなかった。数日かけてゆっくり消費しなければ。

――と。

見下ろしていたスマホが、ぶぶ、と振動する。そのまま震え続けているので、メッセージではなく、どうも電話らしい。

表示を見ると、一応登録はしてあるが、普段見ない名前だ。男性のものである。仕事でこんなひとと関わりがあっただろうか。とっさに思い出せないものの、「知り合いではあるのよね？」と思いつつ、いささか緊張しながら通話ボタンを押す。

『あっ、すみません夜分に。これ、上原さんの奥さんの電話で間違い無いですか？』

「ええと、はい」

どうやら若い男性らしい電話の相手は、焦ったような声で名乗った後、性急に告げてきた。

『ごめんなさい、上原さんに通じなかったものだから、とっさに……あの人、会社にスマホ忘れてっちゃって』

「はあ」

そうか、夫の同僚だったか。そして夫も、会社にそんな大事な忘れ物をするとは。

相手の名前についてよくよく記憶をひっくり返してみれば、以前仁が家に連れてきた同僚の一人のようだ。必要ないだろうと思いつつメッセージアプリのアドレス交換をしたことを、今更ながら思い出してきた。まさか役立つ時がくるとは。

（あの時は、急に『今から仲間を連れてくから晩飯頼む』なんて言われて、急遽家にある材料を総動員して大変だったのよね……）

苦笑まじりにその時のことを振り返りつつ「すみません、主人がご迷惑をおかけしてしまって……」と謝る千夏子に、彼はハキハキと伝えてきた。

『いいえ、お気になさらず！　上原さんは、もう帰ってきてます？　僕、お宅が帰り道なもんで、これから届けに行ってもいいですか。会社、もうすぐ閉まっちゃうんですよ。それで、スマホないと困るかなーって、とっさに持ってきちゃったんで』

「え？」

一瞬、うまく情報を咀嚼《そしゃく》できず眉をひそめる。

「いえ……主人はまだ、帰ってきていませんが……。というか、あの人もう会社を出たんですか？」

しどろもどろに問い返すと、快活に『はい！』と返答がある。

『上原さんなら、一時間くらい前に出ました！　あれ、まだ戻ってきてません？　おかしいな……今年に入ってから、遅まきながらの働き方改革の影響で、曜日によっては今日みたいに会社がとっととゲートごと締めちゃうんで。上原さんならもともと出るのも早めだし、子供さんが生まれるのに備えて家族サービスかな？　なんて』

ほっとしたのか明るくしゃべる夫の同僚の声をどこか遠くに聴きながら、千夏子はスマホから耳を離し、表示された時計を見た。午後九時。彼の会社からこのマンションまでは、徒歩も含めて三十分ほどの距離のはずだ。それに、――『上原さんならもともと出るの早めだし』とは？

（それって、二ヶ月くらい前までも？　……泊まり込みや、夜遅くに帰ってきていたのは……仕事のためじゃなかった？　まさか、ね）

どきどきと動悸《どうき》が速まるのを悟られないよう、千夏子はつとめて平淡に声を作って、頼んだ。

「あの、……よろしければ、スマホ、届けていただけますか。ないと、主人が困ると思うので」

『もちろん、大丈夫ですよ！　近くに来たらまた電話します。お体に障るといけないんで、ゆっくりしながら待っててください。すぐ着きますから！』

彼の口ぶりからすると、どうやら仁は会社にも流産のことを伝えていないらしい。しかし、ペタンコのお腹を見られることへの不安よりも、もっと強い懸念と焦燥が、千夏子の胸を満たしていた。

＊

夫の同僚は、ものの二十分ほどで到着した。

どうやら、会社を出て、帰っている最中に電話をくれたらしい。声の通りの素直そうな青年で、「前にお邪魔した時はありがとうございました。あ、あと、いつも旦那さんにお世話になってます！」と明るく告げると、剝き身のスマホを置いてサッと退散して行った。膨らんでいない千夏子の腹に一瞬だけ不審そうな顔を見せていたけれど、気づかないフリをしてある。

そして今、千夏子の目の前には、仁のスマホがある。シルバーの本体にブックカバー型の黒い革ケースをつけた、見慣れたそれだが、触ったことはほとんどない。中身を覗き見たことも一度もなかった。

（……何もないはず）

仁に限って、何も。

蛍光灯の光に照らされ、テーブルの上に転がるそれを、千夏子はためらいとともに見つめた。一度手を伸ばしかけ、やめて、を繰り返す。

（勝手に見るなんて、よくない。でも）

時刻はもう十時になろうとしている。ここにあるスマホはもちろんのことながら、公衆電話でも、夫からの連絡はない。

（……何もない。何もあるわけないんだから！）

ぐるぐると螺旋《らせん》状に思考が巡る。「ああもう」と、千夏子はとうとう、夫のスマホの電源を入れた。

（そっか。よく考えたら、きっとロックがかかってるだろうから、開《ひら》けるはずが……あれ）

しかし、予想に反してスマホはあっさりと開いた。待ち受けがデフォルトのままなのは、知っている。「不用心だな」と顔をしかめつつ、そのまま使い慣れた緑色のメッセージアプリのアイコンを選び、連絡先一覧を表示させる。

直近でやりとりしているトークルームには、いくつか知らない名前もあったが、前に

「職場に華やかさが足りない」と仁がぼやいていただけあって、男性の名前ばかりだ。

「ほらね」と、ほっとしてスクロールしようとした時、ふとひとつの名前が目に入った。

『中根《なかね》茗《めい》』

男の名前ばかりの中で、それは一際目立った。

(何も、ないはず)

もう一度自らに言い聞かせると、千夏子は思い切って、トークルームを開いた。

そして、――声を失った。

まず目に入ったのは、写真の群れだ。

それも、女の裸の。

青白く薄い胸。骨ばった尻。折れそうにのけぞる背中。そして、恍惚《こうこつ》の表情を浮かべる顔。まだ若い女に見える。おそらくは、〝最中〟に男の側から撮影したものだろう。

緑の吹き出しで、夫の方から送られたメッセージもある。

『また明日、いつものところで』

『今日も良かったよ』

絵文字付きで送られた、まるでドラマに出てくる定型文のようなそれに、千夏子は声もなく呆然とした。女の側からの返信はない。

（何かの間違いだ、こんなの）

間違いに違いない。だって、女の写真はあるけれど、夫は写ってなんか——

写真を辿《たど》っていくと、やがて、シーツの波に沈むように、二人で身を寄せ合って撮られたものがある。ベッドの上で、女に口づけながら腕を伸ばして自撮りしているのは、紛れもなく仁だった。

そこからどうしたのか。

千夏子はよく覚えていない。

ただ、テーブルの上に、落とすように夫のスマホを放り出したこと。それから、トイレに駆け込んで、また胃の中のものを吐き切った。ほとんど食べていなかったクリームシチューは、これでゼロになる。

さらに何かを考える暇もなく、着替えや仕事道具、財布、通帳や印鑑など身の回りに必要な一通りのものを一番大きなキャリーバッグに詰め込んだ。買い込んだ赤ちゃん用品、架空でつけはじめた母子手帳もどきも。そして、自分のスマホの電源を切って、逃げるように家を出た。

頭の中ではずっと、付き合ってから仁と過ごした時間が、くるくる走馬灯のように回っていた。

一緒に行った、おままごとのようなデート。夜景を見ながらされたプロポーズと、サプライズだったために左手薬指には大きすぎた婚約指輪。笑うたび口の端に覗いた、好きだったあの八重歯。

「ふ……うっ……」

呻《うめ》きにも似た嗚咽《おえつ》が喉から漏れかけたが、それはやがて、別種の声に変わった。

「う、あはは……」

（おしまいだ、もう。全部おしまいだ）

何もかも失った。

お腹の子供。

積み上げてきた仕事の実績。

夫の愛情と、彼への信頼。

私はどこで間違えたんだろう。いつ。どこで。何を。私は。私が。

街灯に照らされたアスファルトの道を、ガラガラと重たいキャリーを引きずって。当てどなく彷徨《さまよ》いながら、千夏子は肺から絞り出すような深いため息をついた。

（ううん、違う……）

我ながら何を言っているのだろう。まだ失ってなんかいないものが、あるじゃないか。

（この子はまだ、失ってなんかいない）

だって、まだ誰にも流産のことを伝えていない。
だから、まだいるのだ。ここに。私の胎に。
ちいちゃん。
大丈夫。この子は私のお腹にいる。
失われてなんかいない。だから。

今は三十九週目。
やっと正期にも入ったのだから。
十月十日まで、あと二週間。
(そうだ……十月十日経ったら)
どうして今まで思いつかなかったんだろうか。ほんの、簡単なことなのに。
この子が生まれてくるんじゃない。
私がこの子のところに行けばいいんだ。

2

中根茗は、ゴミ溜めのような家で育った。

記憶の限り、母親が働いていた記憶はない。ただただ覚えているのは、地層のように積み重なったゴミの山。脱ぎ捨てられててんでに散らばる靴下や下着、干からびた惣菜《そうざい》、カップ麺の空きガラ。青や黒のビニール袋の塊の群れ。

古びて黄ばんだ壁に、所々入ったひび割れを、接着剤で埋めた痕が残る、市営住宅の一階。崩れ落ちてくるビニール袋を押しのけて、どうにか就寝のためのスペースを作れば、それだけでヘトヘトになり、部屋のどこかに埋もれているはずの万年床を掘り当てる気にもならない。隙間には綿埃《わたぼこり》や抜けた髪の毛が絡まり合って溜まり、僅かに床面が見える箇所を踏めば、皮脂や塵《ちり》が足の裏にこびりつくから、四六時中靴を履いたまま過ごす。原因が何かももはやわからない腐臭の漂う室内。視界に常に入り込んでくるゴキブリは、もはや同居人のようだった。

部屋にいるのは、母だけだ。母と茗の二人暮らし。祖父母がいるのかはわからない。そもそも親戚というものにも、およそ会ったことがなかった。市営住宅を出れば、あたり一面田んぼや畑が広がる片田舎で、近所に歳《とし》の近い友人もいなければ、幼稚園や保育園にも通ったことがない。思い返せば、陸の孤島のような環境だった。

小学校に上がるまで、「パパ」や「お父さん」という言葉がピンと来なかった。家にはくつろげる場所がないので、図書館に行っては児童用のフリースペースで絵本を読み耽《ふけ》るのが日課だった茗は、家族ものの本を読むとどれでも必ずと言っていいほど登場する大人の男性が、そういう名称であると知った。「お父さん」に会ったことは、ひとまず覚えている限り、ない。

「お父さん」がわからないのが、子供心にもなんとなく居心地が悪くて。だから幼い茗は、現代の家族を描いた絵本は苦手だった。お気に入りは、『じごくのそうべえ』と『三枚のお札』だ。現実にはいない、遠い過去の物語にしか登場しない獄卒《ごくそつ》や鬼婆《おにばば》ならば、想像しても辛くはない。主人公も、死んでしまった軽業師やら、お寺の小僧やら。現実からできるだけ遠ざかったそれらに思いを馳せるのは、「他の家族」の実情を垣間《かいま》見《み》るより、ずっと気楽だからだ。

それでも、「お父さん」への興味は、やはり尽きない。

『めいのお父さんはどんな人なの?』

茗が母に尋ねると、少女のような無邪気さで、ふふっと噴き出される。

『お父さんは、とってもかっこいい人。それで、お母さんのことが大好きなのよ。だから、茗ちゃんが生まれたの』

それがちっとも質問の答えになっていないことに気づくこともなく、ふうん、と茗はうなずく。

『どうしてうちにはお父さんがいないの？』

『今はいないけど、そのうちお父さんが迎えにきてくれるのよ』

昔から、父のことを尋ねようとする茗に、母は何度もそう繰り返した。

そんな時。夢見る乙女の眼差《まなざ》しで、点々と浮かぶ汚れと細かな無数の傷だらけの窓ガラスの向こう側を見つめる母は、美しかった。毎日きっちりと化粧を施し、仕上げに唇に真紅をさす。母が働いているところを見たことがないから、おそらくは父の援助によって生活が成り立っていたのだろう。そして、物心がつく頃には、母の言わんとすることの意味を、流石《さすが》に察するようになる。

『あんな女より私の方が、ずっとあの人を幸せにしてあげられるって、絶対にわかるはずだもの』

――つまり。茗は非嫡出子なのだ。

父は妻子ある身でありながら、不倫の果てに母との間に茗をもうけた。

さりとて、家庭を捨てることができるわけもなく。そもそも母のことは本気ではなかったのだろう。茗は望まれずして生まれてしまった子だった。少なくとも父にとっては。それは祖父母にも会ったことがないはずだ。母はこの町の出身ではあったけれど、両親には勘当されて家を飛び出し、さらに周囲の反対を押し切って茗を生んだらしい。親類や友人たちとは、全て縁が切れている。

(だから、なんだ)

小学校で友達ができても、なぜかすぐに「ママが、めいちゃんとは仲良くしたらダメだって」と言われて疎遠になってしまうのも。近隣の人たちが、団地の前庭で一人遊びしている茗をこそこそと覗き見ながら「ほら、あの子って」「ああ、例の」「実家を頼って出戻ったのに、結局追い出されたんだって?」などと、囁《ささや》き合っていたのも。

(そうだったんだ。仕方なかったんだ)

世の中には、自分ではどうしようもないところで、すでに『失敗作』や『はみ出しもの』の烙印《らくいん》を押されてしまうことがあり。そして他でもない茗自身がそうなのだと。思い知った時は脱力した。涙は出なかった。ただ虚しく、心が暗澹《あんたん》とした。

『茗ちゃんは、お母さんとお父さんの愛の結晶』

そんなふうにうっとりと語っていた母は、茗が小学校に上がる頃に豹変《ひょうへん》した。

『お前なんか産むんじゃなかった』

真冬の雪が降り頻《しき》る夜に家から放り出されて内側から鍵を閉められたこともあるし、下着姿でベランダに一晩中閉じ込められたこともある。口答えすると張り手が飛んできた。食事を作ってもらえることは昔からなくて、遠足でお弁当が必要になると、茗は自ら台所に立った。白米のご飯に、ウィンナーと、形の崩れた卵焼きと、冷凍のミックスベジタブル。自分で作る、それ以外のお弁当を茗は知らない。キャラクターもののピックで彩られた、色とりどりの可愛らしく美味《おい》しそうな他の子供たちのお弁当と見比べては、いつも惨めな気持ちになった。

虫の居所が悪いと、母はしばしば癇癪《かんしゃく》を起こした。

『茗ちゃんは本当にダメな子。どうしてそんな子になってしまったの』

『何にもできないのねえ』

『お母さんに似ていたら、もっと可愛かったのに』

ことあるごとに母は茗を貶《けな》した。

『あなたが生まれていなかったら、私はもっと自由だった』

『あなたを産んだから、体力も、若さも衰えてしまった』

『あなたが私から人生を奪った』

決まって、母は茗に言って聞かせた。ひとしきりの罵倒を連ねると、終わりはこうだ。

『だから茗ちゃんは、お母さんにもらったものを、一生かけて返していかないといけないのよ』

テストで満点をとった時にそれを見せると、『こんなもの、お母さんがあんたくらいの時は当たり前だった』と目の前で破かれた。料理を覚えて食事を作ると、『褒めてもらおうという魂胆が丸見えで、卑しい子だ』と叱り飛ばされ、目の前で捨てられた。母の日に贈った折り紙のカーネーションは、翌日、ゴミ部屋の片隅で何かの汁に塗《まみ》れてぐじゃぐじゃになっていた。

生きるために、茗は自分の心を凍らせることを覚えた。

嫌だとか、どうしてこんななんだとか。そういう気持ちは、深く知るまでもなく麻痺《まひ》してしまった。

それでも、——母は茗にとっては代替の効かない「お母さん」だったのだからどうしようもない。

(私にはお母さんしかいないし、お母さんには私しかいない)

小学校の時は、担任の先生の家庭訪問がいやでたまらなかった。中学の時から、家に帰らずに外で時間を潰すことを覚えた。高校にはかろうじて行かせてもらえた。そしていつしか、バイトができる年齢になり、自分の口座を作り、お金を稼ぐこともできるようになった。得た金額のいくばくかは家に入れたが、全て巻き上げられるのはどうにか免れた。

自分なりの人間関係を築いていくと、だんだん己の属する家庭のおかしさに気づいていくものだ。

普通の家は、こんなにゴミに埋もれていない。普通の家では、母が子にお金の無心はしない。家に通帳やカードを置きっぱなしにしたら、勝手に母がお金を引き出そうとした形跡もあったから、以降、貴重品は常に持ち歩くようにしている。

(私はいつまでこうしているんだろう)

ゴミ溜めの部屋で、いつまでも来るはずのない父を待ち続ける母と一緒に。少なくとも母が死ぬまで、こうして過ごすのだろうか？　ともすれば……一生？

——だから茗ちゃんは、お母さんにもらったものを、一生かけて返していかないといけないのよ。

幼い頃からかけられ続けた言葉が、呪詛《じゅそ》のように耳にこびりついている。

育ててもらった恩はある。茗がいたせいで、きっと母は数々の不自由を強いられたのだろう。母には母の苦しみがあったのだろうし、後から思えば、支離滅裂なあの言動はなんらかの病気であったのかもしれない。

(でも。それは私が償わなくてはいけないこと？)

私はこうはなりたくない。

私はちゃんと結婚して。

ちゃんと、幸せな家庭が欲しい……。

生活に、たくさん不満はあった。でも、口にすることはできなかった。ひたすらに抑圧され、耐え続けた日々が、それを外に出すことを禁じていた。

我慢すれば。どんな苦しみもそのうち終わる。

耐えることが唯一の手段で、救いだった。茗は他の生き方を知らなかった。


鬱屈した疑問を抱えながら暮らしていた日々はしかし、ある日突然、終わりを告げる。

高校三年生の春。桜の蕾《つぼみ》が柔らかくなる、もう間もなく卒業を控えた時期。大学への進学など考えるべくもないから、人材派遣会社に登録して、インフラ企業の事務員になる予定だった。

いつも通り、バイトを終えて家に帰ると、家の中で母が呆然とへたり込み、宙を仰いでいた。

『お母さん、……どうしたの？』

気にせず制服を着替えようかと思ったが、ゴミ袋の一つに背を預けた母の虚《うつ》ろな眼差しに、不穏なものを覚えた茗が尋ねた瞬間。母は、グルンと首を巡らせてこちらを見た。

『お父さんが亡くなったの』

『え……』

その言葉はひどく唐突で。

一瞬意味が飲み込めなかったが、思ったほどの衝撃はなかった。それほどまでに「父」とは茗にとって遠く、なんの感慨も湧かない存在だったのだ。

『お父さんが、迎えにきてくれるはずだったのよ』

緩慢な動きで首を振り、母はポツポツと語った。

『お母さんね、もう、何のために生きたらいいかわかんなくなっちゃった……』

『……お母さん』

（ねえお母さん）

——お父さんは、もし死んでいなくても。

きっと一生、お母さんを迎えには来なかったと思うよ。

喉元まで出かかった言葉をかろうじて飲み込む。今の母にかけるには、いくらなんでも酷すぎる……。

『だからね、茗ちゃん』

何も言えず黙り込む茗に、どこか遠くを見るような眼差しのまま、母は微笑んだ。

『あなたがお母さんに借りてきた人生、今、返して』

小声で囁かれたと思った瞬間、肩に強い痛みが走る。

（……な、なに）

セーラー服の肩が裂け、赤いものが滲《にじ》んでいる。尻餅をつくと、青いゴミ袋の一つがぐしゃりと体の下でつぶれた。

恐る恐る顔を上げた茗の眼には、母が震える両手で掲げた包丁が映っていた。

『一人で死ぬのは嫌』

こんな日にもきっちりと化粧をしている母の顔は、溶けたアイラインとマスカラで目の下が黒くクマのように染まり、震える唇には、血を啜《すす》ったように口紅が滲んで。まるで人外の何かのようだった。

（……鬼婆だ）

とっさにそんな言葉が浮かんだ。

――幼い頃に見た、絵本の鬼婆。

取って喰らわんと小僧を追ってきた、幼心にも焼きついたあの恐ろしい存在が、まるで時間を経て蘇《よみがえ》ってきたようだ。

『茗ちゃん、一緒に行こう』

母の言葉を聞き終わるまでもなく、茗は悲鳴をあげて、周囲のゴミを手当たり次第母に投げつけた。そして、うめき声をあげて母が動きを止めるのを見計らい、勢いよく部屋を飛び出したのだ。

それが母を見た最後である。そこから後、彼女がどうなったのか、茗は知らない。

最初に仕事を得るはずだったインフラ企業には、電話で辞退の一報を入れた。せっかく新入社員が来るものと準備していたのにどういうことなんだと、先方からしきりに訝《いぶか》られ皮肉も言われながら通話を終え、すぐに地元の無人駅から電車に飛び乗って、大きな駅からさらに乗り継いで。無我夢中で東京を目指したのは、そこしか思いつく地名がなかったからだ。とにかく人が多いところ。中根茗を、自分という存在を、覆い隠してくれるところ。誰も私を知らないところ。差別的で閉塞的なあの田舎町の空気から、解き放ってくれるところ。

――母のようにだけはなりたくない。

その誓いは、まるで呪いのように茗の胸に刻まれていた。

(私はあんな風にはならない)

そもそもの入口を間違えたから、母はあんなふうになった。誰かの幸せな家庭を壊して、そこに潜《もぐ》り込んで居座ろうとしたから。過ちから入った関係が、幸せな結果につながるはずがない。私は母とは違う。母とは……。

(そう、思っていたのに)

普段から貴重品を身につけ持ち運んでいたのが幸いした。当面の生活には困らずに済む。しかし、住民票は母の元に残ったままだ。それをどうしたらいいのか、茗にはわからない。

確かなのは、それから後、二十三歳になった今まで。茗はずっと、住所不定のままだということだ。

＊

今のメインの勤め先である、定時が六時の保険会社での事務仕事を終えると、時間潰し兼まかない目当てで、居酒屋の夜間シフトに入っている。全ての仕事が終わるのは、毎日、深夜二時を回ったくらいだ。

（たっだいまぁ……）

声を出さずに、帰り慣れた「我が家」に入る。エレベーターで六階のボタンを押し、薄暗い照明の店内に入る。まずは五時間フリータイムの登録をしてから、行き慣れたレディースフロアの一つに室をとってもらった。派手な金髪にピアスの受付のお姉さんは、名前も顔もすっかり覚えてしまった。下野莉音《しものりおん》。リオン、だなんて。今となっては珍しくもないきらきらネームだな、と思ったものだ。

フリードリンクで選ぶのはいつも、栄養価が高そうな野菜ジュースとスープ類。スライド式のドアをくぐれば、薄暗い照明に、黒い人工皮革のフラットシート。

ネットカフェの一室。そこが、今の茗の城。

（はあ、落ち着く。ここ……身分証の提示がないの助かるなあ。ナイトパック、この辺りで一番安いし。免許もパスポートもあるわけないし、お母さんに作ってもらった国保の保険証なんて、最初に派遣会社に登録するのに身分証明で使ったきりで、とっくの昔に期限切れちゃってるもん……）

もうここに住み始めてから、一年ほどになるだろうか。シャワーは無料で浴びられるし、コインランドリーも近い。大きなトートバッグの中に一通りの着替えや身の回り品を詰め込んで、置ききれない分は会社のロッカーのお世話になる。入口で一つ拝借した毛布にくるまり、茗はため息をついた。

月収は手取り十二万円。健康保険料も年金も払っていないから、その大部分が食費とスマホ代と、ネカフェ代に消えていく。暮らしていけない金額ではないけれど、都内で家を借りるには安すぎ、かつ最初に入った不動産屋で保証人として母の同意を得なければならないと言われ尻込みしてしまった。あの家には、いや、遠く離れたあの田舎町にすら、もう二度と踏み入る気はなかった。

母のことを思い返すとき、茗の胸にはいつも、複雑なものが過ぎる。

あんな家には絶対に帰りたくない、もう二度と関わり合いになりたくないという決意。

殺されかけた時の恐怖。鈍く光る刃のフラッシュバック。

——曲がりなりにも育ててもらったのに、あんな状態の母を見捨てて逃げてきてしまったことへの罪悪感。あのあと母はどうなったのだろう。調べてもいない。知るのは恐ろしい……。

とにかく、毎日を生きるのが精一杯で。しがらみのあった田舎を出たはずなのに、友人らしい友人もいない。「ママがね、めいちゃんと遊んじゃダメだって」……同年代の子と交友関係を築くのは昔から大の苦手だった。よしんば非嫡出子だという血筋の枷がなかったとしても、何せ自宅はあの汚部屋だ。友達を招待するどころか流行《はや》りのアニメ番組も見られず、当然ゲーム機もない。どう接したらいいか、話題についていったらいいかわからないのだ。高校に上がってからは、少なからず気が許せると思った相手に家の話をすると、「重い」「怖い」と決まって遠ざかっていかれた。

派遣先の会社も転々とする中で、仲のいい同僚もなかなかできない。

——でも。

たった一人だけ、境遇を分かろうとしてくれた人はいた。

(これからどうしよう……仁さん)

メッセージアプリのトークルームは、まだ往生際悪く消せずにいる。昨日届いたばかりのメッセージを、改めて読み返す。

——〝久しぶりに会えないかな〟

会うのは二ヶ月ぶりだった。そんな立場でもないはずなのに、顔を見られると思ったら、胸が躍った。

（けど……）

自分より干支《えと》一回り年上の頼りがいのある恋人だった『はずの』その人の顔を思い浮かべ、茗は唇をかみしめてスマホの画面から顔をそむけた。

＊

茗が『仁さん』と出会ったのは、今からおよそ一年半前。今の派遣先の保険会社に入る前、勤め先だった商社でのことだ。

彼はそこでエースと呼ばれる営業成績をおさめている気鋭の主任。もちろん、派遣事務員の茗とちがって、ちゃんと正社員。一応は上司と部下の関係になるだろうが、直属ではなく島は隣。仕事でもプライベートでも特に関わりがないはずだったが、あるとき、昼休みにお茶を淹れているときに給湯スペースで鉢合わせした。

『中根さん、昼メシ菓子パンだけで足りる？』

いつもメロンパン一つを昼食がわりにしていた茗に、彼は藪《やぶ》から棒に聞いてきた。

『み、見てたんですか』

真っ赤になる茗に、慌てたように彼は『ごめん、気まずくさせるつもりじゃなくてさ』と手を振った。

『このところ顔色あんまり良くないし、大丈夫かなって気になっちゃって』

——その言葉に、茗はどきりとした。

顔色が良くない。確かに、慢性的な寝不足と栄養不足は着実に体を蝕《むしば》んでいるのか、このところネットカフェでフラット席を取れたときでも眠りは浅く、食事も残すことが多い。実は固形のメロンパンも食べるのがしんどくて、プリンや栄養補助ゼリーだけで済ませることも多かった。

『お、お金がなくて……』

恥ずかしい。

そんなことを告白しなければならないのがとにかく後ろめたくて、茗はソワソワと視線を彷徨わせた。

余計に恐縮してしまった茗に『ああー、ごめんそうじゃなくて……』と頭をガリガリかいたあと、彼はこんな提案をしてきた。

『変なこと聞いちゃったお詫《わ》びに、今週のどっかで、よかったら昼飯奢《おご》らせてくれないかな。それこそ明日とかでもさ』

*

『あっ、誘ったのは別に変な意味じゃなくて、……そっちの島の情報が俺らにはあんまり来ないから、ちょっと話ができる子を探してたんだよな』

連れていってもらったのは、当たり前と言えばそうだが、ごく普通の色気も何もない大衆中華料理屋だ。そこで、彼——上原仁は決まり悪そうに照れ笑いした。

『そうなんですか？』

首を傾《かし》げる茗の前に、湯気を立てる回鍋肉《ホイコーロー》が運ばれてくる。「ここは回鍋肉と水餃子《すいぎょうざ》が絶品なんだ」とは、仁の言である。

『うん。うちの島とそっちの島、昔から業績競って変な確執あってさ。情報共有がうまくいってねーの。でもそれって長い目で見たら、会社のためになんないでしょ。だから、中根さんが色々教えてくれると助かるなーって』

（……私がいると助かる？）

今まで、そんな風に言われたことはなかった。

ぼんやりする茗に、『あと』と仁は付け足した。

『いつも顔色悪くてふらふらしてるもんだから、とりあえず飯を食わせたかったのもある』

というわけで俺の油淋鶏《ユーリンチー》も食え食え、と勝手に皿の上に黄金色の甘酢がかかった唐揚げを乗せてくる仁に、茗は呆然としていたが。

(こんな風に気にかけてくれる人も、いるんだ……)

今まで、誰も自分のことなんて見ていないと思っていたのに。

なんだか嬉しくて。胸の奥に、ほう、っとあかりが灯《とも》ったような。

『すみません、ご面倒を……』

詫びつつ頭を下げた瞬間、目からぼろりと雫《しずく》が溢れた。

『ええ⁉ 中根さん⁉ まいったな、俺が泣かせたみたいになってるじゃんか……』

あわあわと狼狽《うろた》えつつ、仁はそのまま茗が泣き止むまで待っていてくれた。おかげで帰社は昼休みを大幅にオーバーしてしまったが、ついでに『自分の都合で中根さんをつき合わせてました』と、その泥までかぶってくれたのだ。

いきなり泣き出した茗に引いていないはずはないのに、仁は以後、たびたび茗を昼食に誘ってくれた。

『そっちの島の情報を知るためってことで一つ』

その触れ込みを口実に、茗はいつも誘いに乗った。食事代は浮くし、厚意がありがたかった。

(……あ)

毎日、ピコン、と音を立てて、スマホの上部にメッセージ受信の通知が出る。

表示された名前を見るたび、茗の心はほのかに明るくなった。

(仁さんだ……)

『中根さん、今どこ？　ちゃんと飯食ってる？』

彼が自分のことを気にしてくれている。

『ご心配おかけして申し訳ないです、いつものとこにいます。ご飯は夜のバイトでまかない食べました』

するすると文章を紡いで送信ボタンを押すと、孤独が少しだけ癒される。

(この人になら、話してもいいかもしれない)

『実は……』

賭けではあったが、仕事の話ばかりでなく、次第に茗は、自分の身の上話を仁にするようになった。

田舎町で友の一人もできないまま、ゴミ溜めのような汚部屋で育ったこと。母親との軋轢《あつれき》。自分が非嫡出子であることは、なんだか後ろめたくて話せなかったが、それ以外の割と込み入った内容まで彼には話した。

『大変だったんだなあ……』

この話をしたら、彼も去っていってしまうかと思いきや。意外にも仁は、真摯に耳を傾けてくれた。

『茗ちゃん、これからも話を聞くよ』

いつの間にか、呼び方はより親しげになり、「中根さん」から「茗ちゃん」に変わった。

(話を聞いてもらって、ご飯を奢ってもらって――私も彼に何か返したい)

やがて仕事が繁忙期になり、帰る時間が遅くなると、茗は仁に付き添って手伝い、サービス残業するようになった。「いつもごめん」と、昼食だけでなく、夕食も一緒にとることが増えた。お酒を入れて会社の愚痴を聞くこともしばしばだ。けれど、仁は自分のプライベートの話を、いっさい茗にしようとしなかった。

一線を越えたのは、本当にふとした瞬間だ。会社に残っていたのが、たまたま二人きりで、そして。気づけば唇が重なっていた。口付けは、タバコの脂《やに》の匂いがした。

――その夜、茗は久しぶりにネットカフェのシートでなく、ホテルのベッドで眠ることになった。

こんな自分でも、求めてくれる人がいる。

(仁さんは私を必要としてくれる)

今まで、ずっと胸にぽっかり開いていた穴が、塞がっていくような心地がした。多幸感でクラクラする。二十一歳で初めて「そういう行為」をしたから、その高揚もあったかもしれない。

(この人と一緒なら……)

『……今日は帰れないから、じゃ、そういうことで』

身を寄せ合って互いに求め合ったあと、ストンと眠りに落ちた茗は、——彼が誰かと電話する声で目を覚ました。

『誰?』

『んー……うちの嫁さん』

『え』

目を見開いた茗に、仁は『言ってなかったっけ』と歯を見せて笑った。

(結婚してたの……?)

それでいて、悪びれもしない様子に。ガツンと頭を殴られたような衝撃を受けて、茗はベッドの上で凍りついた。

『ま、結婚は、してるんだけど……ここんところ、もう離婚秒読みの仮面夫婦って感じだよ』

肩をすくめ、彼はベッドの上から足を投げ出し、タバコに火を付ける。ふうっと紫煙を吐き出すと、困ったように笑った。

『だから茗ちゃんが悪く思うことは何もない。きみは優しいから』

『あ、……はい。すみ、ません……』

──気遣ってくれている。

自分が仁の家庭を壊すのではないかという危惧を察してくれたその一言に、茗はじわりと胸が熱くなった。

『俺が今好きなのは茗ちゃんだから』

その一言とともに、茗は再びシーツの海に沈んだ。

（いけないことを、している）

これでは母と同じだ。

記憶の中で、鈍く光る包丁の刃と、うねうねと動く赤い唇。

──あなたがお母さんに借りてきた人生、今、返して。

一瞬、母が追いかけてきたのかと思った。罪悪感と、それをしのぐ恐怖が胸に満ちる。

でも、人の温《ぬく》もりを知ってしまった今、茗はそこから離れることができそうになかった。

＊

茗は、それからも度々仁と関係を結んだ。

『嫁さんとはまじで冷え切っているから、別に気にしなくていいよ。……子供も長いこと夫婦やってんのにできてないんだ。未練もあんましない』

それが仁の口上だ。茗は聞き分けの良いふりをして、笑顔で頷《うなず》く。「信じてる」と囁き、彼の首に腕を回す。

（でも、避妊はするんだね）

茗との行為で、必ず仁はゴムをつけた。

時折はファッションホテルですらなく、会社のトイレで及ぶこともあったが、そういう時ですら彼が欠かしたことはない。しかし、ゴムを用意するのは茗の役割だ。万が一にも奥さんに見つかることがあってはいけないから。

（いつまでこんなことが続くの？）

仁に抱かれながら、茗は安堵《あんど》と不安の間を激しく行ったり来たりした。

彼は自分を好いてくれている、という。今は、手続き上、奥さんと一緒にいるしかないだけ。そういうけれど。

──あんな女より私の方が。

本当は茗にも分かっていた。そう言っていた母と、今の自分がまるっきり同じだと。そう。分かっている。仁が自分を本当の意味で受け入れてくれることは、絶対にありえない。奥さんとの仲が冷え切っているという話も、本当かどうか疑わしい。茗はただ、手近にいた、少し物珍しい、若い女。憐《あわれ》みをかける快感と、欲望の発散を兼ねて、「ちょうどよかった」……それだけの存在。

（いやだ）

考え始めると止まらなくなって。茗はとうとう、びっくりするほどバカなことをした。

──嫁とは子供もできていない。

その仁の言葉が、どうしても忘れられずに。

（子供ができれば、……）

彼との行為の前に、準備したゴムに、針で小さな穴を開けたのだ。

仁はなんの疑いもなくそれを着けて茗を抱いた。茗も何も言わなかった。

（ねえ、知ってる？　あなたは今、私とナマでシてるんだよ）

奥さんとは何度もしているのかもしれないけれど。私とも。あなたの子種は、遮られることなくこの胎に収まっている。知らないでしょうね。

──その背徳感は、ゾクゾクするほど心地よかった。

それから茗は、度々仁と穴空きのゴムで行為をした。自分がどれだけ愚かなことをしているのか。分かっているようで、実際のところは分かっていなかったのだろう。

『上原主任の奥さん、とうとうおめでただってさ……』

『もう大喜びだよね、主任。あちこち言って回ってるって』

その情報を得たのは、偶然だった。同僚たちの雑談をうっかり耳にした途端、茗は目の前が真っ暗になるような心地がした。

（もう、やめよう。なんてバカなことをしてきたんだろう、私は）

仁と関係をずるずると続けてきたことも。

行為の前に、ゴムに穴を開けてきたことも。このまま同じことを続けていけば、行き着く先は決まっている。自分を殺そうとした母の顔が浮かんだ。あの、鬼婆そのものの。

（あんな風になる前に……）

いいや、これでは母そのものだ。

（ちょうど次の三月で派遣の契約も終わる。物理的に仁さんから離れられたら、このまますっと思い出にできる）

もっと早くに心を決めるべきだったのに。ぐじぐじと思い悩んでいた時間が悔やまれる。

――けれど、そう簡単に話は進まなかった。

＊

生理がきていない。

茗がそのことに気づいたのは、もう「そうなって」から、かなり時間が経過してからだった。

結局、「派遣の契約が切れるまで……」と煮え切らないまま仁との関係はずるずると続けていたが、次第に彼も飽きてきたのか、頻度は減っている。その矢先のことだ。

（まさか）

自らのお腹を見下ろしてみる。気にしたこともなかったけれど、よく見れば、ほんの少しだけ膨らんでいる――？

（なんだか体が火照ったり、食欲が落ちたりすることはあったけど。でも、そんなの）

なけなしのお金を叩《はた》いて、薬局で検査薬を買った。

結果は――くっきりとそこに浮かぶ、妊娠を示す二本目の線に、茗は思わず口を押さえた。

（なんで）

一箱全て使い切っても、同じように線は出た。

(ありえない。そんなわけない。ここに赤ちゃんがいるなんて、そんな)

産婦人科に行くことはできない。保険証がないし、そもそも結婚してもいないのに。仁に相談だってできるわけがない。

(奥さんに、バレたら)

――慰謝料はいくらかかるんだろう。それに、彼の家庭を崩壊させてしまう。

スマホで、ネカフェのパソコンで。焦燥のまま、茗は毎晩、同じキーワードを調べ続けた。不倫。望まぬ妊娠。出産。慰謝料。

質問掲示板や匿名掲示板、さまざまな場所を見てまわった。書かれているのは皆同じ言葉だ。

『自己責任』

『自業自得』

『自分で選んだ火遊びの結果なのだから……』

名も知らぬ誰かによって、自分ではない誰かに向けられた、けれど確実に自分のことも示すであろうそれらの言葉に責め立てられるたび、茗は苦しむより、ただ静かに納得した。

(自業自得だ)

(わかってる)

(私が悪い。私が愚かだったから。それは、私が一番、よくわかってる)

ネットで書き立てられた言葉たちは、いつしか母の声で再生された。

――あんたはダメな子だから。

――ほら、やっぱりあんたはダメだ。

心を抉《えぐ》るはずのネットの検索はやめられなかった。

『コインロッカーに子供を捨てる親をどう思いますか』

やがて質問の検索項目候補にそんな文言を見つけた時、思わずクリックしていた。人間のクズだ、責任持てないなら産むな、お前が死ねばいい。そんな回答がずらりと並んでいるのを、無感動に眺めた。コインロッカー。その単語だけが、頭にこびりついていた。

そうして何一つ有益な情報など得られないまま、ただ時間ばかりが過ぎ去った。

膨らんでいくお腹は、あまり目立たないのが幸いだった。

(妊娠なんて、本当はしていなければいいのに……)

そう。産婦人科で、ちゃんと確認してもらったわけではないのだから。検査薬はまれに失敗することもあるらしいし。本当に妊娠しているかなんて、まだ分からないじゃないか。何かの間違いかもしれない。きっと間違いに違いない。

茗が選んだのは、現実から逃げ続けることだった。全部に蓋をして、すぐれない体調からも目を背けて。無理矢理にお腹を締め付けるような服を選んだりもした。でも、次第に大きくなるそこはどうしようもなかった。

派遣契約終了の期日を待たずして、「一身上の都合」を理由に、茗は会社を辞めた。

仁は不審がったが、どことなくほっとしている風でもあった。

『色々お世話になりました。お元気で……』

そんなありきたりな一文を最後のメッセージに、仁との縁は切れる。彼とは続いてはいけない関係だったけれど。その存在に、心が救われてきたのは確か。これからは、思い出だけを頼りに、身の振り方を考えなくては。

……そう、これっきりだと、思っていたのに。

＊

――この一年半のことを思い返しつつ。茗は、ネットカフェの一室で、ふうっと息をつく。禁煙フロアのはずなのに、吸った空気はどこか苦い気がした。

仁とは一生会わずにいるはずだったのに。

――久しぶりに会えないかな。

仁からそんな誘いが来たのは、つい昨日のことだ。

茗が会社を辞めてから、もう二ヶ月近く経っている。お腹はかなり大きくなっていた。同じくらいの月数が経っている他の妊婦と比べれば目立たない方ではあるが、元々ガリガリに痩せている茗だ。腹だけが膨らんで、地獄絵図に登場する餓鬼のようだ、と鏡を見ながら思ったところだった。

『駅前のいつものカフェで、ちょっと顔を見られたらいいから』

――こんな姿を晒《さら》したら、妊娠のことが彼にバレてしまう。

奥さんとの間にお子さんが今度生まれるはずなんだ、きっと優しい彼を心配させ、悩ませるだろう。今の仕事が忙しいからとでも言って断るべきだ。

でも、本当は、少しだけでも会いたい……。仁は、茗自身を初めて見て、その苦しみに気づき、手を差し伸べてくれた人だ。茗はもう、自分が何をしているのか、どうしたいのか、全く何もわからなくなっていた。

果たして、つい先ほどのこと。結局茗は、仁と会う約束をしてしまった。

待ち合わせのカフェチェーンで。一番安いショートサイズのコーヒーを飲みながら、ぐるぐると悩み続けるうちに、彼はやってきた。

『茗ちゃん、久しぶり』

相変わらずの笑み。まさに破顔といった表現がしっくりくるような、クシャッと顔全体を使う、八重歯の少しだけ口端に覗く無邪気なその表情が、茗は好きだった。そして、ひょっとしたら彼の奥さんもそうなのかもしれないな、なんてことを考えた。

（どうしよう。座っていても目立つよね。膨らんだお腹のことを聞かれたら――）

どくどくと心拍数が上がる。

彼の幸せや日常をバラバラに壊してしまうかもしれない不安。それ以前に、彼にだけはこの現状を、悩みを、苦しみを、知って欲しいという思い。迷いが頭の中をせわしなくひっ掻き回す。

――けれど。

仁は茗の顔を見ると、うん、と頷いてテーブルを挟んだ向かいの椅子を引き、何気なく口を開いた。

『いやあ、茗ちゃんは変わらないね。ほっとするよ！』

（え……）

目を見開いて、茗は仁を見た。

彼はもう、茗を見てなんかいなかった。「どれにしようかな、俺アイス食いたいし」なんて呑気な声を出しながら、開いたメニューと睨《にら》めっこしている。

ガツンと頭を石で殴られたような衝撃に、茗は声を出すこともできなかった。

（変わらない？　この姿が？　……こんなにも大きなお腹なのに？）

その瞬間、茗は唐突に悟った。

（……あ、そうか。そもそも、彼は私なんか見ちゃいなかったんだ）

きっかけは、仕事上の情報を仕入れる相手が欲しかったから茗に声をかけた。でもそのあと、茗の身の上に同情し、親身になってくれ、温もりをくれたのは。

（都合が良かったから）

彼は茗を見ていたのではない。善良な自分、年下の女に優しく紳士的で親切な自分を見ていただけだ。茗の目、茗という鏡に映る『素敵な大人の男』を。

（……私はなんてばかだったんだろう）

私はあなたを信じて。あなたならと思って。でも、そんなのは詭弁《きべん》だ。茗は自分で自分の首を締めた。彼が自分しか見ていなかったというなら、茗だって同じだ。仁の真意なんか知りもせず、いや知ろうともせずに、彼を愛し彼に愛される自分を妄想して、感傷に浸っていただけ。そして自分で深みにハマって、ゴムに穴を開けて、勝手に自滅した。

（そんなこと。心の奥ではとっくに分かっていたはずなのに）

この激情が怒りなのか、悲しみなのか。どうしようもないくらい、泣きたい。理性が止めなければ、今すぐテーブルの上にあるものを全部手で薙《な》ぎ払って、叫び散らしたかった。

その後も仁は、会社の出来事だとか、家での愚痴だとか。何かを話し続けていた気がするが、茗の耳は全てを素通りさせていく。彼の唇が動き、言葉をつないでいることだけは認識できるが、意味がさっぱり入ってこない……。

『……あのさ。良かったらこの後、久しぶりだし……』

ガチャン。

どれくらい経ったかわからない頃、仁がそんなことを口にした瞬間、茗は持っていたカップをテーブルに打ちつけるようにおろした。

『ごめんなさい。これ、コーヒー代です。……それじゃ失礼します』

『え、……おい、茗ちゃん？　……茗⁉』

財布から雑に千円札を抜き出すと、茗は叩きつけるようにそれを置き、荒っぽく椅子を引いて席を立った。

あっけにとられたようにこちらを見つめる仁の視線が追ってきたが、それでも彼は、やはり膨らんだ腹に気づいた様子はなかった。

＊

そうして、逃げ込むようにいつものネカフェに駆け込んで——今に至る。

一人になったら思いっきり泣こうと思ったはずなのに、いざ個室に入ると涙が出ない。乾いたままの目を擦り、ただ呆然として、茗は黒いフラットシートに両足を投げ出していた。

(これからどうしよう)

新しい仕事を探さなくてはいけない。けれど、それ以前に。この、見間違いようもなく膨らんだお腹のことは。

(……何かの、間違いだったら)

いまだに茗はその希望を捨てられずにいる。あまり知識がないけれど、お腹に宿った命というのは、もっと活発に動いたり、何かしら主張をしてくるものではないのか。茗の腹は、内側から蹴られることもない。ただ粛々と、慎《つつ》ましやかに膨らんでいくばかりだ。それこそ、誰も茗の妊娠に気づかないほどの薄っぺらさで。

どうにかしなくてはいけないのに。どうしたらいいのか分からない。

(私、ずっとこんなんだな……)

ふと、振り切って捨ててきた母の顔が浮かんだ。鬼婆の顔。子供を殺そうとした、あの——。

(やめよう)

はあ、とため息をつき。茗は毛布を首元まで引き上げ、フラットシートに身を横たえた。なんだか今日は、お腹が特に重い。今日と言わず、昨日からかもしれない。どことなく張って、喉元に空気がせり上がり、息苦しいような……。

その時だ。

——ブツッ。

腹の奥で、大きな音が響いた。

「え——」

バシャン、と。立て続けに、勢いよく何かが股の間から流れ出てくる。

（あ——）

破水、という単語が咄嗟《とっさ》に浮かんだ。

そこから体が動いたのは、ほぼ無意識のうちだった。シートから這い出るように靴を引っ掛け、壁に縋る。流れ出る水と一緒に、体力が根こそぎ全部持っていかれるようだ。続けて強烈な腹痛が襲ってきた。へそからカレースプーンを突っ込まれ、内臓をぐるぐるとかき回されているような。

（やばい、やばい、やばい）

恐ろしいことが起こっている。その「恐ろしいこと」の内容は、分かっているのに、頭が拒絶する。

そのまま、壁伝いにトイレに転がり込んだ。一番広い個室。震える指で鍵をかける。

「う、ううう、ううう……！」

うめき声が誰にも聞こえませんように。ここが奥まった場所でよかった。

足が萎え、全身から力が抜けた。洋式の便器に背を預け、床にへたり込んで、びしょびしょになったスカートをたくし上げ、下着を脱ぐ。腹の奥を、旋回しながらドリルが進んでいくような強烈な痛み。気を失いそうになりながら耐える。

「うう、うう……！」

洋服の裾を嚙《か》んで、必死に叫ぶのを耐えた。吐き気も一緒に襲ってくる。

それからどれくらいの時間が経ったのか。茗にはよく分からない。

——気づけば。

トイレの床は、一面が血でぐっしょりと染まっていた。白いタイルの上には、生理とは比べ物にならないほどの、真っ赤な池が出来上がっている。

そして。

個室の中には、自分以外にも、何かがいた。

同じ人間だと思えないくらい、ひどく赤い肌は、血まみれで。体の中心から紐状のものが伸び、勝手に抜け出たらしい、赤黒い胎盤につながっている。

「ほぁあ……ほあ……」

か弱い声で、それは産声を上げた。猿のような、くしゃくしゃの顔。歯の生えていない真っ赤な口。もみじの五指が、胸の上で握り締められて震えている。

ゼエゼエと、上がった呼吸を整えながら。茗は呆然とそれを見ていた。

（本当に、……）

生まれてしまった。

この腹にいたもう一つの命。目を背けようとしてきたのに。こんなにあっさりと。

「ほぎゃ……ほああ」

その泣き声がだんだんと大きくなってきたことで、茗ははっと我に返った。

――あたりは血まみれだ。

（どうしよう……！）

完全にパニックに陥っていた。びっくりするほど力の入らない全身を奮い立たせ、トイレットペーパーを幾重にも巻き取って股に挟み、ネットカフェのトイレ備え付けの生理用品をつけて下着を履き直す。カーディガンを脱いでへその緒や胎盤ごと子供を包み、棒のようになった足で与えられた自室スペースに戻った。

（どうしよう、どうしよう）

ひたすらにぐるぐるとその言葉が脳内を舞っている。幸いにして、産声はまだ小さい。

（非常口――）

ここが、通い慣れたネットカフェでよかった。セキュリティが甘めで、従業員用の通用口が少し入り組んだところにあるのだ。エレベーターもすぐそこにある。受付のお姉さんに見つからないようにだけ気をつけないと——

真っ白になった頭で、持ってきていたブランケットに赤ん坊をくるむと、トートバッグに「詰める」。隣の利用者や従業員に気付かれたら一巻の終わりだ。体力は底をついていたはずだが、驚くほどの力が出た。なぜ動けるのか、自分でも不思議なくらいだというのに。

己の体でトートを隠すように、廊下を出て——エレベーターのボタンを押す。階数表示のランプがだんだん上がってくる。よし、あともう少し……。

「あ、ちょっとお客さま……⁉」

と。——後ろから、女性の声に呼び止められた。

見つかってしまった。例のキラキラネームの受付のお姉さんだ。黄色い髪とピアスの、不機嫌そうな顔。頭の血がスーッと喉を通って落ちていくような、心臓が冷たい手で掴《つか》まれたような恐怖が襲ってきて、茗は叫びそうになった。

同時に。

チン、と軽い音とともに、エレベーターのドアが開いた。

「ごめんなさい！」

謝罪とともに、彼女を振り切り、茗はエレベーターに飛び乗る。

閉まっていくドアの向こうを振りむくと、呆然とこちらを見つめる受付のお姉さんの顔が、網膜に焼きつけられた。


エレベーターが一階に着くのを待ちかねたように、茗は外にまろびでた。

（寒い）

濡れた下半身から、冷えた空気が吹き込んでくる。ズキズキと身体中が痛む。特に腹や脚の間に走るそれは尋常ではなかった。ただ、決して止まるわけにはいかない。恐怖に突き動かされるように、茗は死に物狂いで足を動かす。

「ほあ、ほああ……」

トートバッグの中では、相変わらず「それ」が小さな声で泣き続けていた。

赤い肌。くしゃくしゃの、猿のような顔。——まるで異界から現れた妖怪のようだと感じた。自分の中から生まれたなんて到底信じられない。

（そうよ、私が産んだんじゃない）

こんなに簡単に生まれるはずがない。子供なんているわけない。妊娠自体を信じていないんだから。この子は私の子供じゃない。

（こんなの嘘だ）

（どうしてできちゃったのよ）

（どうして出てきてしまったの）

――茗の心はもう限界に達していた。

（私のせいだ）

（私が悪い）

（私が、自分で、どうにかしないと）

深夜二時だと思えないくらい、街は人が溢れていた。朝まで飲み明かす相談をしながら笑いながら屯《たむろ》する若者たち。疲れた顔で家路を急ぐ残業終わりの会社員。居酒屋の客引き。

こんな街中にいるのに。不思議と、誰一人として茗の様子に気づくものはない。無数の人間とすれ違うのに、まるで空気にでもなった気分だ。トートの中からは、相変わらずか細い泣き声が響いてくる。まるで、責め立ててくるような。

「はあっ……はあっ……」

やっとのことで茗がたどり着いたのは、駅舎の裏手だ。

そこは人通りが少なく。茗の探しているモノがある場所。

（コインロッカー……）

弱い蛍光灯の光にぼんやりと照らされ、薄闇に浮かび上がる巨大な灰色の箱の並びを、茗は突っ立ったまま眺めた。

「ほぎゃ……ほああ、ほああ……」

泣き声は相変わらず続いている。

――考える暇も、気力もなかった。

茗はトートバッグを肩から下ろすと、コインロッカーの一つの前にしゃがみ込む。それから、毛布に包んだ「それ」を、そっとバッグから取り出した。

まだしっとりしているが、こびりついた血が乾きかけている。目も開いていない。しわくちゃの、おばあちゃんみたいな、猿みたいな顔。ただただ、赤い口を開いて、鳴き声だけをあげている、得体のしれぬ赤い生き物。

「……ごめんね」

茗は掠《かす》れた声で言い残すと、コインロッカーの中に、そっと赤ん坊を入れた。そして、泣き声から耳を塞ぎ、縋るようにロッカー伝いにその場を立ち去る。

追いかけてくる声は、角を曲がったところで、いつの間にか聞こえなくなった。

(ごめんね)

(ごめんね)

(許して。ううん、許さないで)

――私は鬼だ。

幼い頃何度も読んだ絵本の中で、赤い絵の具で塗りたくられた、あの恐ろしい鬼婆。あれは私だ。まるで、どころか。そのものじゃないか。振り乱した長い髪も、下半身を濡らす血も。

（鬼は、私を殺そうとした母だけじゃなかった。鬼の娘だから、私も鬼だった）

幸せがほしかった。幸せになりたかった。「普通の人」が「当たり前」に得ているような。絵本に描かれた、「お父さん」のいるあの風景が。いつかは自分で手に入れられたらと。それなのに。

仁と別れた時にはついぞ流れなかった涙が、頬を濡らしていることに気付いたのは、駅からずいぶん離れたところでだった。

3

下野莉音がその客の様子に気づいたのは、全くの偶然だった。

このところ深夜バイトを続けているネットカフェ。店の体制はズサンで、身分証明書の提示も必要なければ、従業員用の裏口が、受付から死角になったところにある。そもそも、十九歳で経験も浅く力も弱い莉音一人に深夜スタッフを任せっきりにしていることからして、かなり雑なことだが。

(あの裏口……、そのうち絶対、支払いしないでこっそり出てく客が出るんじゃねーの)

派手に染めた金色の髪に、元の顔がわからないほど濃い化粧。毎年増えて、とうとう軟骨にも空け始めたピアス。莉音のファッションを、ここで働く他のスタッフは敬遠している。そりゃそうだ、と莉音は思う。これは武装だ。デフォルトの自分を覆い隠し、身を守る鎧《よろい》。素顔なんて、そうそう人目に晒《さら》すモノじゃない。

この世は他人の集合だ。どうでもいいはずなのに、なんの関係もないはずなのに。他の人間の様子ほど気にかかる。だからこそ、この一年ずっと通い詰めているとある女性客は、莉音の興味を引いた。

(あのヒト、妊娠してるんだよな。どぉ考えても……)

彼女が、俗に「ネットカフェ難民」と呼ばれる種類の人間であることは、莉音にはとうに察しがついていた。そのルーティーンはこうだ。毎日毎日、深夜の二時ごろに「帰って」きて、決まって女性専用フロアのフラットシート、五時間パックを頼んでいく。ドリンクサーバーでは栄養価の高そうな温かいものを淹れ、漫画や雑誌のコーナーなど見向きもせず、まずはシャワーに直行する……。

喫煙コーナーではないとはいえ、妊婦がこんなところ、毎晩泊まって体にいいわけがない。睡眠だって足りていないだろう。他人事ながら、どうにも気になった。

(つっても、あたしには関係ねーし)

ため息まじりに懸念を追い払う。考えても仕方ない。所詮は他人なのだ。

繰り返すがここの勤務はザル体制なので、受付は基本的に一人シフトで、休憩も好きな時間にとっていい。用事がある人は受付のベルを鳴らす仕様だ。

(あ、ヤニ切れたわ。タバコ吸ってこよ……)

体がむずむずと紫煙を欲したので、莉音は胸ポケットに吸い慣れたタバコとライターを突っ込み、廊下からバルコニーに出ようとした。——その時だ。
例の、死角になった裏口から、人影が一つ滑り出てきたのは。
（あ……！　あの妊婦さんだ‼）
見た瞬間にわかった。おまけになんだか様子がおかしい。手が赤いもので汚れている
し、体も濡れている——？
（っていうか、支払い‼）
「あ、ちょっとお客さま……⁉」
莉音の呼びかけに、一瞬顔を上げ、怯《おび》えたような様子を見せたものの。彼女は、引き
留めようとした莉音を振り切り、そのままエレベーターにさっと飛び乗った。
「くそっ」
（ほら見たことか、やっぱりズルする客が出たじゃんか！）
慌てて駆けつけるが、一足遅く。彼女の乗ったエレベーターは、そのままドアが閉ま
り、下階へと降っていく。
「マジかよ……！」
（店長にバレたら大目玉じゃ済まないんだけど……っていうか普通に犯罪だし！）
莉音は考える暇もなく、階段から彼女を追いかけていた。

*

六階という上層に店があることを、こんなに恨んだことはない。ほうほうのていで一階まで駆け降りた莉音は、逃げた彼女の姿を探してあたりを見回した。

「いるわきゃないか……」

相手はエレベーターで降りたのだ。間に合うはずはない。繁華街ならではの明るいイルミネーションで、こんな夜中でも通りは明るい。周囲には、息を切らして鬼気迫る表情で道を睨むこちらの様子を怪訝そうに窺《うかが》ういくらかの通行人がいるだけで、探す彼女の姿はなかった。

(どこ行った?)

考えつく場所といえば、駅からどこかに逃げるとか……?

普段からあまり走り慣れていないので、酸欠でフラフラしつつ、とりあえず駅の方向を目指す。

(そういえば終電終わってんじゃん。今、夜中の二時だよ)

駅になんて行くはずないか……と思い至ったのは、駅舎の裏手にあるコインロッカーのそばにたどり着いた時だ。大人しく店長に報告をして、警察のお世話になろう。そう決めたところで、ふと、耳が何かの異音を拾った。

——ほあぁ。ほぎゃあ。

「え……？」

赤ん坊？

聞き違いかと思って、よくよく耳を澄ませてみる。表通りの車の音や、喧騒《けんそう》が、ぐんと遠ざかった気がした。ほぎゃあ、ほぎゃあ。……やはり間違いではない。赤ちゃんの声がする！

莉音はコインロッカーの群れに駆け寄ると、慎重にあたりに注意を払う。息と足音を殺して神経を研ぎ澄まし、ドアの前を一つ一つ確認して、音の出どころを探していった。

やがて。

(ここ⁉)

一際大きく声がするドアの前に来た瞬間、莉音は勢いよくそれを引き開けた。——鍵はかかっていない。

「あ……」

予想していたはずのことではあるのだが。

そこにあったものに、莉音は腰を抜かしそうになった。

黒いブランケットに包まれ、もぞもぞと動くそれを、細心の注意を払って取り出す。

「ほぎゃ、ほああ……」

目をつぶり、大きな口をいっぱいに開けて元気よく泣き叫ぶ赤ん坊を抱きしめたまま、莉音はその場にへたり込む。

「……ほ、本当に、いた……」

——コインロッカーに捨てられた赤ん坊どころか、生まれたての赤ん坊そのものを初めて見た。

「意味分かんないんだけど……。ど、どうしよ、……」

途方に暮れて莉音は呟いた。腕の中の温もりが確かなものであるのが、不思議なくらいだった。おまけに、赤ん坊を包んでいるものときたら。

「……これ、うちの店のブランケットじゃんよ」

＊

状況からして、すぐに警察に連絡した方がいいのは莉音にもわかっていた。第一、赤ん坊のお世話なんてしたことがない。それも、見るからに「さっき生まれました」と言わんばかりの、こんなふにゃふにゃの。

(こんなに頼りないものなのか、赤ちゃんって)

首が据わらない云々《うんぬん》という言葉は聞き覚えがあるけれど。そもそも、固定されていないどころか、気を抜くと頭がゴロンと取れそうだ。たぶん、一度でも手を滑らせたら絶対に死ぬ。そういう生き物だ、これは。

そして、まずはここに厳然たる事実が突きつけられている。――あの女性客は、よりによってうちで出産して、コインロッカーに生まれたばかりの子供を放置したのだ。

（こんなのってない）

ぎゅうっとブランケットごと赤ん坊を抱きしめ、莉音は唇を嚙み締めた。こんなに柔《やわ》くて、小さくて、極限まで弱い生き物を。こんな冷たい鉄の箱の中に……。空気だって、放っておいたら無くなったかもしれない環境で。

（警察に連絡して、あの母親がすぐに見つかればいいけど……）

――見つかったところで、どうするのだろう。

（こんなところに置いていくくらいだし。あの客が、赤ちゃんを引き取って育てるとは思えない）

とすると。

この子は遠からず、乳児院の預かりになり、そのうち児童養護施設に引き取られていくのだろう。

どうしてそんなことを知っているのかといえば。他でもない莉音が、親から引き離され、そうした施設を遍歴しながら育ってきた身であるからだ。

もっとも。正確には、「引き離された」のではなく、「捨てられた」のだと、莉音は考えているけれど——

＊

幼少期を思い出そうとすると、莉音の記憶には、決まってグジャグジャと黒のクレヨンで塗りつぶしたような規制がかかる。その情報を留《とど》めておくことが、きっと好ましくないと脳が判断しているのだろう。

両親の顔は覚えていない。思い出の品なども一つもなかった。聞くところによると、若い未婚のカップルがネグレクト状態で死なせかけていた三歳の莉音を、すんでのところで児童相談所が発見して保護したらしい。親のことは、思い出したら殺意の一つも湧くのかもしれないが、何せ覚えていないので憎みようもない。ついでに、遺棄先がコインロッカーでこそなく、公的な機関を経てはいたが、早々に莉音は自分のことを「捨て子」だと認識していた。面会に訪れる親類など父母を含めて一人たりともいなかったし、それを特段寂しいと感じないほど、愛情というものに縁がなかった。「お母さん」や「お父さん」、いや「家族」という言葉自体が、莉音にとってはもはや想像もつかないファンタジーの一種で、頼れる存在がいないこと、天涯孤独であることとは、嘆くまでもなく当たり前の事実だったのだ。

莉音が育った児童養護施設は、ファミリーホームなどの小規模施設と違い、何十人もの子供を預かる大きなところである。青白い蛍光灯に照らされた灰色の建物が、今考えると刑務所のようだった。生活や規則もそうだ。管理すべき子供の数が多いためか、職員はみな無機質なほど事務的だった。食事や風呂の合図はブザー音で、個別の呼び出しは肉声ではなくスピーカー越しに流された。

施設の立地があまり治安のいい区域でなかったせいなのか、それとも大勢の子供たちでの集団生活というものがそもそも動物的な性質を持つものなのかは知らないが、そこでは体の大きな上級生は下級生を暴力で支配し、その有様を大人たちは見て見ぬふりをしていた。小学校の低学年くらいまで、寒空の下、冷たい水をかけられて外に放り出されたり、目立たないところを殴られたりは日常茶飯事で、時には万引きを強要されたり、調理室から食べ物を盗んでくるよう脅されたりもした。さらに、体が成長して女らしくなると、性的な興味を覚え始めた男児たちにいたずらをされるようになった。

(早く大人になりたい。……自分で全部決めて生きたい)

中学に上がって、保健体育の授業で習うよりも前に、大人と「ソウイウコト」をして小銭を得るようになった。幼い頃から、上級生たちに面白半分で手を出されながら育っていたから、さほど抵抗はなかった。初体験の相手が誰かなんて覚えてもいない。

高校には行っておいた方がいい。そう職員に勧められて、給付型の奨学金を受けながら高校には進学した。せっかく進学は決めたもののあまり勉強に身が入らず、成績はよくなかったから、偏差値の高い高校にはいけなかった。髪を染めたりピアスをあけ始めたのもこの頃だ。

けれど悲しいかな、就職先のレベルと学歴とが比例するのが世の常とは早々に気づいた。結局、途中で行く意味を見失って、二年生になった頃、高校は中退してしまった。それと同時に、児童養護施設も出奔《しゅっぽん》した。

施設での生活にはほとほと嫌気がさしていたし、どうせ十八歳になれば出ていかなければいけない決まりだ。身元の保証もなく正規の労働なんてしようがないから、若さを武器に風俗バイトを渡り歩いて糊口《ここう》を凌《しの》ぎつつ、あちこち転々としているときに――「瑞稀《みずき》さん」と出会った。

正確にいうなら、出会ったのは「瑞稀さん」ではなく、その息子の直人《なおと》だ。比嘉《ひが》直人。たまたまバイト仲間の紹介で出会い、意気投合した同い年の彼とは、すぐに付き合うことになり、その日のうちに連れて行かれた彼の自宅で、「こっちがお袋」と紹介された。

そして、「瑞稀さん」――比嘉瑞稀は、莉音が出会った中で、一番素敵な大人だった。

『うちに好きなだけいなよぉ。長いこと息子と二人だけで、寂しいからさぁ』

目じりに笑い皺《じわ》のある優しそうな顔立ちに、語尾を少しだけ伸ばす、ゆったりした独特なしゃべり方。そんな瑞稀の置かれた状況は複雑で、前の前の、そのまた前の夫との間に生まれたのが直人。最初の夫からは逃げてきて、再婚した相手とも別れ、最後の相手とは死別。今は直人との二人暮らしらしい。都会の下町のうんと隅っこにある、プレハブのバラックのような一軒家が彼らの住まいだ。錆《さ》びついたトタン屋根、蔦《つた》の這う壁はひび割れが目立つ。トイレは仮設のような簡素なものが外にある。風呂は古式ゆかしいバランスがま。

瑞稀は、まるで本当の娘のように莉音を扱ってくれた。莉音も瑞稀のことを、いつしか「直人のお母さん」から「瑞稀さん」と名前で呼ぶようになっていた。「こんなもんしかなくて悪いねぇ」と照れ笑いしながらご馳走《ちそう》してもらった、温かい手料理——野菜炒《いた》めとハムをのっけた、サッポロ一番塩ラーメンではあったけれど——は、世界で一番美味しいものだと感じた。美味しい美味しいと莉音が褒めると、「仕上げにごま油をひとたらしするのがミソなのよぉ」と、瑞稀はさらに笑ってくれた。

裕福とは程遠いはずなのに、身一つで出奔したせいで保険証を持っていない莉音のために、実費で病院に連れて行ってくれたこともある。風俗以外の仕事の身元保証人もしてもらった。瑞稀に受けた恩は、数えきれない。

ただし、悲しいかな——瑞稀はそんなにもできた人物であったのに。その息子の直人は、いざ付き合ってみると、「とんだクズ野郎」に他ならなかった。

『お願いだから避妊はして』

『は？　めんどいし』

莉音が何度頼んでも、直人は聞く耳を持たなかった。

『そっちがピル飲めばいいだろ』

避妊薬は高価だ。そんなお金が莉音にないことを知っているくせに、直人は絶対にゴムをつけようとはしない。仕事も滅多にせず、瑞稀への無心で遊ぶ金を賄う。直接の暴力こそ振るわれなかったものの、暴言ならば毎日浴びせられた。お互いに気持ちが冷めるのはあっという間だった。直人は良く言えば切り替えが早く、悪く言えば軽薄で、莉音に飽きるとすぐさま別の女を連れこむようになった。あんなに優しい瑞稀から、どうしてこんな息子が生まれるものか、と。最初に知り合ったのは直人だということを棚に上げつつ、莉音はつくづく不可思議でならない。

そういうわけで直人への愛情はすっかり失《う》せていたから、この家に彼しかいなければ、とっくの昔に莉音はここを去っていただろう。しかし、——瑞稀との関わりは、どうしても捨てがたかった。

『ロクでもない息子でごめんよ。でも、莉音ちゃんはいつでもここに帰ってきていいんだからねぇ』

瑞稀にそう言われ、結果として莉音は甘えた。生まれて初めて、安心して「ただいま」と言える場所ができたのだ。誰にもいじめられたり殴られたりすることはない。本当の家ではないことを知りながら暮らす決まりの悪さもない。瑞稀のそばは、あまりに快かった。自分にも母親というものがいれば、きっとこんな感じなのだろう、なんてくだらない妄想さえしてしまうほどに。

だが、――互いに彼氏でも彼女でも無くなったのに。直人との体の関係だけは、あいもかわらず続いていた。

(ここは、直人の家だから……)

断ることはできなかった。自分は、今は直人とはもはや何の関係も無くなった他人のくせに、彼の母親に甘えている身だ。拒絶すれば、ここにいられなくなると思った。

――やはり、避妊もしないまま。

いつ妊娠するかもわからない。妊娠したらどうしよう。その責任も持てないのに。不安と恐怖に駆られつつ、まだ不毛なこの関係をやめられずにいる。やっと得た居場所だけは、どうしても失いたくないから……。

＊

フリース地のブランケットごと赤ん坊を抱きしめたまま、みずからの身上を思い返した莉音は、しばし呆然としていた。

（この子は……ひょっとしたら、あたしの子供だったかもしれないんだ）

現状から目を背け、このまま直人に求められるままの関係を続けていれば、いずれはこうなる。ネットカフェで生まれた我が子を、コインロッカーに置き去りにしていたのは、自分だったかもしれない。運よくこうして助けられたからいいようなものの、偶然にあの客を莉音が追いかけていなければ、この子は今頃……。

「ほあ……」

赤ん坊はいつの間にか眠っていた。くあ、と歯のない赤い口が大きく欠伸《あくび》をして、手足をグーッと伸ばす。

改めて見下ろすと、赤ん坊は本当に小さかった。こんなものがお腹に入っていたのかと思うと大きいけれど、これがいっぱしの人間サイズに育つのかと思うと嘘のようだ。

でも、ちゃんと目があって鼻があって口があって……人の形を、している。

「はは、一人前に伸びしてやんの……」

警察に届けるべきだ。それはわかっている。

(何でだろ。今、この子を見捨てちゃだめな気がする)

自分が見つけたのに。この手をあっさり放して、公に委ねることへの、奇妙な罪悪感とでもいうべきものが、胸の奥から湧いてくる。

なぜかもう、赤ん坊を放っておくことは、莉音にはできそうもなかった。

結局、バイトはその場で店に連絡をして、急遽早退させてもらうことにした。未払い利用客を取り逃した上にいきなりフケたとあれば、ひょっとしたらクビになるかもしれないが、この際仕方ない。

「ただいまぁ……」

瑞稀の家に戻ると、莉音は赤ん坊を抱いたまま玄関で靴を脱ぎ、小声で奥に向かって呼びかける。直人はまた新しい女ができたようで、このところ帰ってきていない。その点だけは安心だ。

やがて、パタパタと音がして、奥から小柄な人影が駆け出てくる。

「あらぁ莉音ちゃん？　おかえ……り……」

化粧っけはないが、五十目前とは思えない若々しい顔の瑞稀は、いつも通りのニコニコ顔だったが、莉音の抱いているものを見て動きを止めた。

「莉音ちゃん⁉　そ、その子どうしたの⁉」

「えっと、拾った……？」

「疑問形⁉」

駅前のコインロッカーで、と後ろを指さす莉音に、瑞稀はあんぐりと口を開けている。

「え、な、なんで⁉　莉音ちゃん、警察には⁉」

「言ってないス。警察に届けたら、即施設行きだと思ったら、なんかやりづらくて」

「……ああ」

捨て猫とはわけが違う。何せ人間の赤ん坊なのだ。ひょっとしたら勝手に保護したら何らかの罪に問われるものかもしれない。瑞稀に迷惑をかけまいと思っていたのに、何をやっているんだか……と視線を巡らせる莉音に、瑞稀はしばし沈黙した後。

「あ。……なんか、ちょっと臭うわねぇ」

くん、と鼻を鳴らして赤ん坊に顔を近付けた。

「その子、おもらししてるかも」

「え⁉」

慌てて鼻を近づけるが、予想したような刺激臭はない。

「赤ちゃんは最初はお乳しか飲まないからね、そんなに臭いうんちやおしっこはしないものなの」

おぼつかない手つきでブランケットの塊を抱えたままの莉音から、赤ん坊をさっと取り上げて手慣れた調子で胸に抱くと、瑞稀はテキパキと指示を出した。

「さあ早く、上がった上がった！　まずはこの子、産湯もつかってなさそうだもの。ケトルでお湯を沸かして、ついでにバケツとってきて！」

「えっ、あ、はいっ」


とりあえず、煮沸消毒した料理バサミで、ネットでやり方を調べながらおっかなびっくりくっつきっぱなしのへその緒を切ってやった。その先にくっついていた胎盤ごと、莉音にすれば「グロい」の一言で閉口したものの、どうにか止血まで一連をこなしたあと、ぬるめの湯をバケツに張って赤ん坊の体を洗ってやることにする。

先ほどまですやすや眠っていた赤ん坊は、お風呂に入れると流石にびっくりしたのか、またぞろ顔をくしゃくしゃにして泣き出したので、莉音はとにかく狼狽《うろた》えた。オロオロ右往左往する莉音をうっちゃり、瑞稀は「はーい、びっくりしたねえ」と優しく声をかけながら、ささっと泡立てた石鹸《せっけん》で、小さな体を洗ってしまう。仕上げには、おしめの代わりにタオルを巻いた。

（さすが、母親は強い）

莉音はただ圧倒されるしかない。おっかなびっくり様子見ついでに、風呂に入れる時に股間を確認すると、女の子のようだった。

「直人のお古が探せばあるはずなんだけど、とにかく何か着せちゃわないとだから……ちょっとひとまずこれで失礼するねぇ」

赤ん坊に大人用のブカブカのTシャツを着せつけ、「こうすると安心するから」と、おくるみの代わりに風呂敷でキュッと包む。手足を拘束されてきついんじゃなかろうかと莉音などは思うのだが、経験者の瑞稀によれば、包んで固定することで「お腹の中にいた時を思い出して安心する」らしい。たしかに、顔を真っ赤にして激しく泣いていたのが、落ち着いてうとうとしている。

「ちょっとだけ待っててねぇ。薬局行ってくるから」

裏手にある薬局が二十四時間営業でよかった。瑞稀は赤ん坊を莉音に任せて家を出ると、あっという間に、ミルクや哺乳瓶、お尻ふきや新生児用のおむつなどの諸々《もろもろ》を買い込んで戻ってきた。

仮おむつ代わりのタオルから、ちゃんとした紙おむつに穿《は》かせ替える——生まれたての赤ん坊は小さすぎて、新生児用のおむつなのに折って使わなければならないとは初めて知った。莉音は新鮮な気持ちで瑞稀の世話を見つめる。改めて赤ちゃんを包みなおしながら、瑞稀はぽつりと呟いた。

「この子たぶん、……初乳もらってないよねぇ。おっぱいも何も全然飲まずにきちゃったんだね」

「ショニュー?」

「生まれてすぐにでるおっぱいのこと。初めてのお乳、で初乳ね。ちょっと黄色くて、栄養価が高いのよぉ。飲むと赤ちゃんの病気を防いでくれるの」

「……それはたぶん、もらってないと思う」

自分が悪いわけでもないのに、莉音はなんとなく申し訳なくなって俯《うつむ》いた。初乳を貰《もら》えなかったら、この子はすぐ病気になってしまうのだろうか……。

莉音の目の前で、座布団の上に寝かされた赤ん坊は、もぞもぞと動いている。小さい。そう、とにかく小さい。目は相変わらず開かないままだ。

(でも、生きてる……)

何となく、サーモンピンクをしたぷにぷにの唇に指を押し当ててやる。すると、途端に赤ん坊は、ちゅ、ちゅ、と指先に吸い付き始めた。あまりに必死なその様子に、莉音はプッと吹き出してしまう。

「それはおっぱいじゃないよ。あたしの指からお乳、出ないし」

まだ赤みの残るほっぺたを押すと、ちょっと迷惑そうに顔をしかめられた。そんな風に莉音が赤ん坊と戯れながらぼうっとしているうちに、瑞稀はやはり手早く動いていた。鍋に煮立てた湯で消毒した哺乳瓶に、粉ミルクと湯ざましを注いでくるくる回し、ぬるめのミルクを作る手つきは、魔法のようだ。

「調乳なんて久しぶりにしたわぁ。案外覚えてるものねぇ」

お盆に載せたミルクを運んでくる瑞稀に、莉音は「あのね、お腹が空《す》いてるみたい、この子」と赤ん坊を指さした。

「なんかね、さっきからあたしの指、ちゅうちゅう吸ってくンの」

「ああ、吸啜《きゆうてつ》反射ね」

「キューテツハンシャ?」

「おっぱい吸わないといけないからねぇ、口の前に差し出されたものを反射で吸うの。生きようとしている証拠」

「……生きようとしている証拠」

首の後ろを抱き起こし、膝の上で赤ん坊にミルクをあげながら、瑞稀はそう教えてくれた。

んく、んく、と小さな口を一生懸命に動かし、赤ん坊は哺乳瓶を吸っている。勢いよく吸いすぎて途中でケホケホとむせる。

(生きようとしている……)

ゲップをさせるからと、肩に赤ん坊を載せて、トントンとその背を瑞稀は優しく叩く。なかなかゲップは出ず、かれこれ十分ほど叩き続けてやっと「けぽ」と小さな音が出た。

お腹いっぱいになって眠くなったのか、赤ちゃんはまた、うつらうつらし始める。

「はは、すごっ。飲んだらもう眠くなってやんの。けど、赤ちゃんってどれくらいミルク飲むのかな？」

「うーん。とりあえず三時間に一回」

「え」

「頻回授乳って言ってね、最初は手がかかるの。昼でも夜でも、三時間ごとにお乳を欲しがるし、栄養がそれだけだからねぇー、大変なのよ」

「夜でも⁉ じゃあ世の中のお母さんって、みんなほぼ徹夜⁉ ……瑞稀さんもそうだったの⁉」

「直人は夜泣きもしたから大変だったわぁ」

クスクスと笑う瑞稀を信じられない気持ちで眺めた後、「はあ……」と莉音はため息をついた。

「生まれたての赤ん坊って、こんなに手がかかるものだったんだね……」

（あたしも……）

母親に、こんなふうにしてもらったのだろうか。

赤ん坊の自分を手厚く世話する実母の様子を思い浮かべようとしたが、無理だった。

そもそも顔すら覚えていない。三歳のときに捨てられたのだ。莉音が知るのは、施設の風景だけなのだから。

「赤ちゃんって、予想外の連続ばかりなのよ。とっても脆《もろ》いけど、意外に頑丈なのよねえ。……だから、私たちの想像なんか超えて簡単に死んでしまうし、生き延びてもしまう」

すうすうと眠る赤ん坊の柔らかな髪を撫で、瑞稀はぽつりと呟いた。

その横顔を眺めながら、莉音は改めて考える。とんでもないことをしている自覚はあった。

（それで、これからどうしようかな……）

4

『赤ちゃんのところに行きます』

仁には、そんな書き置きだけを残して出てきた。スマホの電源は落としてある。今、自分と彼を繋ぐものは何もない。

彼は驚くだろうか。多少は後悔したり、……罪悪感の一つも覚えてくれるだろうか。

(やめよう)

夜の街を一人で歩きながら、千夏子はため息をついた。家の近くに留まる気になれずに、とっさに電車に飛び乗って。気づけば歩いているのは繁華街だ。仁には絶対に見つかりたくない。他の大勢に紛れて、誰にも邪魔されず安心できる場所でこれからの行き先を考えるつもりだった。

あの子を授かって十月十日が経った時、この命を絶つ。それだけ決めて出てきたはいいが、まだ四十一週目までは二週間の猶予がある。それまでの「最後の時」をどうやって過ごしたものか。

繁華街は、夜中だというのに人通りが多い。ざわめきと人いきれを抜けながら、こんなに人間がいるのに、と千夏子は思う。こんなに街は灯《あか》りに溢れていて、こんなにも多くの営みがあるのに、どうして自分はこれほどまでに孤独なのか。

(考えるだけ馬鹿みたい)

どうせ死ぬって決めたんだ。……細かいことを考えるのはよそう。

(そうだ。家のすぐ近くにいることもないわ。できるだけ人目につかないところがいいし……どうせだったら、うんと遠くまでフラッと旅にでも出てみようか)

国内でも海外でも。パスポートは持ってきたし……それこそ、本当に海外は有力候補かもしれない。一度行ってみたかった世界の絶景を見て回ろうか。いっそ地球の裏側まで飛んでいって、ボリビアのウユニ塩湖で、地平線まで続く一面鏡が青空を映す光景でも楽しむなんていいかもしれない。

(いざ死ぬことになったら、何だかいろんなことがどうでもよくなってきたなぁ)

死ぬ気でやれ、なんて言葉は好きじゃないが。自分で自分にかける分には、的を射ているのかもしれない……なんて。どうでもいいことをつらつらと考えながら、細い裏通りの前を通り過ぎようとした時だ。

(パトカー?)

赤いランプを回しながら停車しているパンダカラーの車に、千夏子は眉を顰《ひそ》めた。

（何か事件でもあったのかな）

警察官が数名、何かの店のスタッフらしき制服を着た人に、古びたビルの前で話を聞いている。風に乗って、会話の声が千夏子の耳にも届いた。

「女子トイレが血まみれで……」

「怪我《けが》をした人はいないんですね？」

「あ、はい……血の跡が廊下の中ほどまで続いているだけで。それと、カフェ利用者が一人、消えていて。従業員の一人が追いかけたけど見失ったらしいです。その従業員は、そのまま用事があるとかで直帰してしまったんですが……」

「消えた利用者さんの情報はわかります？」

（血まみれ？　また物騒な）

そこまでよく使う駅ではないが、割と生活圏の近くではあるので、千夏子はどことなく気味が悪くなった。刃傷《にんじょう》沙汰にしては、室内で倒れている人などはいないらしい。

日常からネタ探しをするシナリオライターという職業柄、千夏子には何か変わったことがあると、必要なくともつい耳をそばだててしまう癖がある。警官たちと立ち話をしている年かさの従業員のジャケットをよく見れば、時々見かけるネットカフェチェーンのロゴが入っていた。では現場はネカフェのトイレか、と思ったところで、警官の一人がチラリとこちらに視線を向けたので、千夏子は慌ててその場を立ち去った。

なにせ自分がこれからしようとしていることも、決して褒められたことではないのだ。

(とりあえず、この時間からでも入れるファミレスでも探そうか。いつもの薬も飲みたいし……)

キャリーバッグをガラゴロと引きずり、あてどなく繁華街を歩きながら、千夏子はまたため息をついた。スマホの電源を入れるのは何となく気が引ける。仁からの不在着信が溜まっていたら、それだけで精神的にやられそうだ。

喧騒に疲れてきて、千夏子は表通りから薄暗い裏通りに入ってみた。あまり治安はよくなさそうだから、長居はしたくない。やっぱり駅に引き返して、それこそ始発を待って新幹線にでも飛び乗って、もっともっと離れた場所を目指した方が……。

「……?」

そこでふと、居酒屋の裏口にあるゴミ箱の陰で何かが動いた気がして、千夏子は目を凝らした。

(猫?　にしては大きいような)

正体はすぐに判明した。

「え⁉」

——人間だ。

成人女性が、黒いゴミ箱にすがるように倒れ込んでいる。

一瞬、酔っ払いかと思ったが、その手や下半身がどす黒いもので汚れているのを見て、千夏子はヒッと息を呑んだ。

「大丈夫ですか⁉」

慌てて駆け寄って声をかける。女性の髪はほつれて乱れて顔にかかり、その表情は窺えない。なによりもまず、下半身が濡れそぼち、血まみれなのだ。荒い呼吸で肩は上下し、汗の浮いた首筋に、髪の毛がベッタリと張り付いていた。

「け、警察……！」

いや、救急車か、どっちだ。スマホを取り出そうとして、電源を落としていたことを思い出す。思い出すのは、さっき向こうの通りにいたパトカー。警官が数人いたから、呼びに走った方が早いだろうか……。

「人を呼んできます」

「ま、って」

千夏子が踵《きびす》を返そうとした瞬間、その袖がくい、と引っ張られる。

「怪我は、してない。……お願い。人、……呼ばないで……」

その一言を最後に、彼女の手から力が抜ける。

そのまま荒い呼吸を繰り返すばかりになってしまった女性を、千夏子は戸惑いとともに見下ろした。

その場に立ち尽くしたまま、千夏子はしばし逡巡した。

人を呼ぶのが正解。そう分かっているものの、千夏子にはどうにも、彼女が気になった。ぼろぼろで誰にも見向きもされず、たくさんの人がいるはずの大通りのすぐそばなのに、一人でうずくまっていた。何か事情があるのは一目瞭然だ。

(どうせ行くあてもないし……)

深く考える時間もなく。千夏子はゴミ箱に背を預ける彼女の腋《わき》の下に肩を差し入れ、背に腕を回す。

「立てますか」

「……」

こく、と頷き体重を預けてくる彼女を支えながら、千夏子は慎重に歩いた。

誰にも見咎《みとが》められずに入れて休めるところなんて行き先は限られてくる。

(この辺りが繁華街で良かった)

裏通りを少し歩けば、やがて一際明るくネオンサインの輝く道に出た。

ファッションホテルの集合地区――いわゆる、ラブホ街だ。受付が自動のところにあたりをつけてドアをくぐる。電子パネルで適当に一つを選ぶと、肩を貸したまま廊下を歩き、転がり込むように部屋に入った。

「ふぅ……！」

大きくため息をつき、そのままキングサイズのベッドに向けて歩いていく。

（女二人でラブホ入ったのなんて初めて）

一面が真っピンクになっているいかにもな壁に目眩《めまい》がする。お節介どころの話ではない。一体なにをやっているのかと自分でも思うが、ここまでくれば乗りかかった船だ。無茶が多少過ぎたところで、こちらはどうせ、あと二週で死ぬ身だし、という捨て鉢な気持ちもある。

（怪我はしていないって言ってたっけ……ほんとに？）

ここにくるまでにだいぶ歩調こそ整ってきたものの、動くと辛いのか、肩で息をしている女性に、躊躇《ためら》いがちに声をかける。

「……シャワー浴びる？」

「はい、……すみません」

「一人で大丈夫？」

千夏子の問いにややあってこくんと頷き、彼女は腕にかけていたトートバッグをどさりと床に落とすと、おぼつかない足取りでバスルームに入っていった。シン、とその場に沈黙が落ち、しばらくするとドア一枚隔てて、控えめにシャワーの音が聞こえ始める。

落とされたトートバッグには、着替えや財布などが一緒くたに入っているらしい。ひょっとして旅行中だったのだろうか。そんなふうには見えなかったけれど……。

「すみません。ご迷惑をおかけしました」

やがて、備え付けのパジャマを身につけてバスルームから出てきた彼女は、第一印象よりだいぶ若く見えた。おそらくまだ大学を出たところくらいだろう。年を尋ねると
「二十三歳です」という。しかし、疲れて落ち窪《くぼ》んだ眼や、艶のない肌は、歳相応よりずっと老け込んで映る。と、ズボンのない、ワンピースタイプのパジャマの裾から、また赤いものがつうっと剝き出しの内腿《うちもも》を伝うのが見え、千夏子の方が焦ってしまう。

「とりあえずこれ使って」

キャリーの中に入れてあった自前の生理用品を渡すと、彼女は大人しく従った。

(怪我じゃなくて生理だったってこと？　にしては量が尋常じゃなかったというか)

「あの、……本当に大丈夫？」

質問を重ねると、彼女は横とも縦とも取れる曖昧な動きで首を振った。

「一体全体、あんなところでなにをやっていたの？」

さっきから問いかけばかりしているなと思いつつ。先に年齢なんて聞いてしまったが、

一番気になっていた疑問を投げる。

(怪我をしていたわけではないにしても、何かの事件に巻き込まれたのなら、やはり警察に行かないといけないわけだし……)

「うっ……」

しかし訊かれた瞬間、彼女の目にみるみる涙が盛り上がる。ギョッとしたのは千夏子だ。

「ちょっと⁉」

「ごめんなさい、ごめんなさい。私は許されないことをしたんです」

ただ謝罪ばかりを繰り返しながら、両手で顔を覆うその女性に、千夏子は途方に暮れてしまった。

(なにがどうなってるの)

とりあえず、彼女はひどく混乱しているらしい。見るからに憔悴《しょうすい》もしている。今は落ち着いて話すのは難しそうだ——と、頭の冷静な部分が判断した。

「ちょっと待って。……まずは、少しでも横になったらどうかな」

思いついて、バスタオルを敷いてからベッドを示すと、彼女はノロノロとそちらに向かい、千夏子のめくった上掛けの下に潜り込む。ものの数秒で寝息が聞こえてきた。

「……何なの、一体」

死んだように眠る彼女の横顔を眺めながら、千夏子は呟いた。

全く、訳がわからない。

この得体の知れない若い女性もだが、——見も知らぬ彼女をいきなり助ける気になった自分自身もだ。


こんこんと眠り続けるかと思われたが、彼女はものの一時間ほどで目を覚ました。備え付けのテレビを見るともなく眺めて時間を潰していた千夏子は、背後で人が起き出す気配に振り向いた。

「すみません、ご迷惑を……」

少し眠ったことで若干顔色はマシになったが、それでも死人のような青白さだ。「少し待って」と言いおいて、千夏子はウェルカムドリンクで備え付けられている紅茶を淹れてやった。甘い方が落ち着くかも知れないと、勝手に砂糖とミルクも追加する。

「……ありがとうございます」

紅茶のマグを両手で受け取った彼女は、しかし飲むでもなく、しばらく黙りこくったまま、その揺らぐ表面に浮かぶ自分の顔に目を落としていた。そうすると、部屋には痛いほどの沈黙が満ちる。ファッションホテルというロケーションもあって、どうにも千夏子には居心地が悪い。

「ええと……気分、ちょっとはよくなった？」

千夏子が首を傾げると、彼女は躊躇いがちに「はい」と答えた。そのまま、また沈黙に戻る。

（ううーん……さっきの『許されないこと』がなんなのか、いきなり聞くのも……なんだか……だし……）

「ねえ、あなた。……名前は？」

埒《らち》があかないと判断し、別の向きに話題を変えることにする。彼女はスンと鼻を啜りながら、ポツッと告げてきた。

「中根、茗です」

「中根茗……？」

（その名前。最近どこかで……）

記憶を探ると、答えにはすぐに辿り着いた。

（そうだ、中根茗！）

――夫の不倫の相手。

胃のなかがぎゅうっと引き絞られるような感覚。強烈な吐き気に襲われ、千夏子は口元を押さえた。

よりによって、さっき見たばかりの名前。自分がこんなところにいるきっかけのひとつになった人物と、遭遇したなんて。そんな偶然あるだろうか。

(落ち着け、落ち着け)

同姓同名の、人違いかもしれないじゃないか……。

「ええと、……中根さん? あなた、……」

上原仁って名前に聞き覚えはあるか。

そう尋ねようとして、声が喉に詰まった。「知っている」と言われたら、その先は何と続ければいいのだろう……。

千夏子は迷った。迷った挙句、結局口をついて出かけていた疑問は、喉を逆戻りしていった。だめだ、どうしても勇気が持てない。

「……怪我をしているわけではないのよね。さっきの血は、ただの生理なの? 本当に病院に行かなくて良かった?」

突っ立ったままの茗に千夏子は尋ねる。しかし、そちらの質問の方が茗にはこたえたのかもしれない。彼女はたちまちびくりと身を震わせ、表情を強張《こわば》らせた。そのまま黙り込んでしまったので、千夏子は戸惑いながらも続きを待つ。

「助けてもらったのにごめんなさい。私を警察に突き出してください」

やがて、抑揚のない掠れ声で、茗はやっとそれだけ言ってみせた。

「待って、いきなりそんなこと言われてもできないわよ。わけがわからない」

「私……私、……さっき、産んだばかりの赤ちゃんを、コインロッカーに捨ててきたんです」

「……え」

唐突な告白に、千夏子は頭が真っ白になった。

「それ、どういう……」

「わ、私……その、ふ、ふ、……不倫、……してて。どうしてもあの人の心を繋ぎ止めたくて、ゴムに穴を、開けてたんです。結局、彼とは疎遠になったんですけど、妊娠してて……お腹、膨らんでくのに、……それなのに、妊娠してるなんて信じたくなくて……目を背けて。さっき、いつも寝泊まりしてるネカフェでいきなり、生まれ、ちゃって……それで、それで」

堰《せき》を切ったように告白する茗に、千夏子はただ、驚き呆れることしかできなかった。

（本当に……こんなことってある……？）

——私は。

私は、夢にまで見た赤ちゃんを失ったのに。

死ぬほど苦しんだのに。この女は、あっさりと彼との子供を授かって。しかもそれを、信じたくなくて、捨ててきた……？

子宮の中に吹く風が、荒れ狂って嵐になる。憎いなんて言葉じゃ片付かない。汚泥が心臓を染め上げるような、この重く苦い気持ちは。

でも。

「ごめんなさい、ごめんなさい……どうしよう、……」

ひたすら顔を覆って泣き続ける茗を見ているうちに、怒りは次第に薄れてきた。

それほどまでに、彼女はボロボロで。あまりに惨めに見えたのだ。

「私に謝ってどうすんの」

予想以上に冷えた声が出て、千夏子は自分で驚いた。泣きくれていた茗も、はっと顔をあげる。

「着替えはある？　早く身支度して。秒で。ここ出るから」

「え……あの、すみません。どこに」

相変わらず謝りながらオロオロと戸惑う茗に、千夏子は大きく息を吸うと。眉尻を釣り上げ、一喝した。

「決まってるでしょ。……今すぐ、そのコインロッカーに行くのよ！」

＊

戸惑っていたくせに、いざホテルを出ると、茗の足取りは自然と速くなった。

（出産したばかりなのに、すごい体力……気力でもってるのかな、むしろ……）

後ろからその背を追いかけながら、千夏子は密《ひそ》かに舌を巻く。

やがて駅舎が見えてくると、茗はとうとう駆け足になる。薄暗い、裏手のコインロッカースペース。その中にある一つに走り寄り、しゃがみ込むと、勢いよくドアを引き開ける。

暗く狭いその中を、千夏子も覗き込んだ。冷たい金属板の上には、——何もない。

「いない……ね」

「ここじゃないのかも」

千夏子のセリフに首を振ると、茗は立ち上がり、コインロッカーに縋るように端から順番にドアを開けて行った。ガシャンガシャンと、金属板同士がぶつかり合う音が、静寂に響く。

「ねえちょっと、中根さん……」

「ここでもない、いない、ここでもない……！」

「中根さんったら！」

ぶつぶつ呟きながら同じ動作を繰り返し、何かに取り憑かれたようにコインロッカーを確かめていく茗を、とうとう千夏子は呼び止めた。

「もう、いないよ」

「……」

「私、ずっと見てたけど。もうあなた、ロッカー全部確認したのよ。今見ようとしてるのは二回目。そんなことしても意味ないのわかる？　あなたの赤ちゃんはどこにもいなかったの。警察に保護されたのか、亡くなったのかはわからないけど……間に合わなかったのよ。残念だけど」

言ってしまった後、びっくりするほど意地の悪い声が出ていたことに気づき、千夏子は思わず喉を押さえた。魂の抜け出てしまったような顔でこちらを見つめ、立ちすくむ茗から、千夏子は視線をそらした。

（私だって……赤ちゃんには無事でいてほしい。けど、現にいないってことは、状況に応じて、しかるべき処置があったって考えるしか……せめて元気なまま発見されて、ちゃんと病院に行ってくれていることを願うしかない……）

「そ、う、ですよね……それじゃ」

そのまま肩を落として黙りこくっていた茗は、やがてボソリと呟いた。

「私も死ななきゃ」

「え」

そのまま、ガシャン、と額をコインロッカーに打ち付け始める茗に、今度は千夏子が度肝を抜かれてしまう。

込むとかではなく⁉」

「死ななくちゃいけないんです、死ななくちゃ」

「それでコインロッカーに頭打ちつけるって手段はありなの⁉　首吊《くびつ》りとか電車に飛び込むとかではなく⁉」

「そ、そうですね、それじゃ電車に……」

「ごめんそれは飛び込めって意味じゃなく！　冷静になって欲しかっただけ！」

　その言葉に、茗はぴたりと動きを止めた。

「だって、私……二人も不幸にしているんです」

　やがて茗は、うつろな眼差しのままか細い声で漏らした。

「不倫してた上司の奥さんと、生まれたばかりの赤ちゃん。幸せになりたいだけなのに、どうしてこうなっちゃうんだろう。どうして私っていつも……だから私なんてもう、生きてたって仕方ない……」

「ちゃんと不倫相手の家庭を壊してる自覚があるなら何よりだわ」

　ピシャリと告げる千夏子の顔を、俯いたままだった茗はやっと見た。

　まさに事実は小説よりも奇なり、だ。そんなことを頭の片隅で思いながら、言葉を継ぐ。

「まだ言ってなかったかも知れないけど、私の名前は上原千夏子っていうの。上原仁って名前に、聞き覚え、ある？」

目を見開いて立ちすくみ絶句する茗に、千夏子は「浮気相手のところに乗り込む妻って、こんな心境なのね」と人ごとのように考えていた。少しばかり胸のすく思いだ。いつかネタになるかも知れない――なんて状況にそぐわず考えてしまうあたりは、シナリオライターの職業病かもしれない。自分だって遠からず死ぬつもりだったくせに、だ。

しかし、「胸のすく思い」なんて暢気《のんき》な感想は、次に茗が取った行動で見事に吹っ飛んだ。

「本当に本当に申し訳ございませんでした……‼」

突然その場にうずくまって土下座を始める茗に、千夏子はぎくりとする。

「ちょっと……⁉　な、何、やめてよ」

「通報してくださって構いません。お金……慰謝料も、ありったけ払います。死んで償うのでも」

何度も、何度も。茗は「ごめんなさい」を繰り返し、身を縮こめる。

惨めだ。

冷たく、汚れた駅舎の床に額を擦り付けて謝り続けるその光景は、あまりに滑稽で、みっともなく、惨めだった。

謝る彼女も。謝罪を受ける千夏子自身も――

「やめてって言ってるじゃない。……それをやって楽になるのは、私じゃなくてあなたでしょ！」

言い募る茗に、千夏子は思わず怒鳴りつけた。

「償いたいとか言って、……自己憐憫《れんびん》オナニーに私を巻き込むのはやめてくれる？　苦しみたいなら一人でやって。私まで惨めにしないで」

「……すみ、ません」

蒼白《そうはく》な顔をあげる茗に、「いや……」と千夏子は苦々しい気持ちになる。下品なだけでなく、我ながら特大のブーメランだなと思ったのだ。

（自己憐憫オナニーっていうなら、私だってそうだ）

赤ちゃんを失って、仕事もダメになって、夫には浮気されて。何もかも無くなったから、一人で死のうと思った。世界でただ一人、自分だけが悲劇のヒロインになったような気持ちで。そして、奇遇にも程があるけれど――いざ夫の不倫相手と出くわして。どうしたらいいのか、どうしたいのか自分でもわからない。

ふと、チカチカ赤く明滅する光が、道の向こうに見えた。サイレンは聞こえないけれど、パトカーのランプだとすると、さっきの警官たちがこちらに向かっているのかもしれない。たとえば赤ん坊がすでに彼らに発見されていたとして、こんな時間帯に、遺棄のあったコインロッカーのそばを徘徊《はいかい》している女の二人組なんて、明らかに不審だ。

「とりあえず、どっかホテルとかで話そう。さっき警察がウロウロしてたもん。こんなところじゃ、見咎められる」

「……警察……がいるなら、私を突き出さないんですか？」

ぐい、と腕を掴んで茗を無理やり立たせると、驚いた顔をされた。

（そりゃあ、不本意だけど）

顔を顰《しか》め、千夏子は吐き捨てた。今はこうでも言っておこう、という気分で。

「……簡単に楽にしてあげるわけないでしょ」

＊

結局落ち着くのはホテルだよな——と、さっきとは別に今度は適当なビジネスホテルの一室に落ち着いた後、千夏子はツインベッドの一つに腰掛ける。すぐそばに座るのは憚られたのか、茗は少し離れたところにあるソファに落ち着いた。ほぼ背中を向け合うようで、お互い顔が見えない状況なのが、逆にホッとする。

「仁さんには、会社で助けてもらったんです。私、ずっと一人だったから、優しくしてもらって、ご飯も奢ってもらったり」

（それはまた。……時代劇でいうところの、下駄の切れた鼻緒をすげ替えてくれたから好きになった、ってくらいありきたりなエピソードね……）

千夏子は身も蓋もない感想を抱く。遅刻しそうな登校中の曲がり角で、食パンを咥《くわ》え

て走っていたら彼とぶつかった、という方がまだ聞こえがいいかもしれない。しかし、

茗の言葉の続きに、千夏子はぽかんとする。

「お金がなくて、ネットカフェで寝泊まりしてましたから……あのお店にもう行けな

い」

「ネカフェに？　……家は？」

「ありません」

（そういえばさっき、『いつも寝泊まりしてるネカフェ』って言ってた）

ネットカフェ難民、という言葉は、千夏子にも聞き覚えがある。

けれど、実際に会うのは初めてだ。

「え、だって……ご両親は？」

「父は、死んだそうです。母には、そのことで殺されかけてから会っていません」

「殺され……何⁉」

あまりに物騒な単語に千夏子が驚くと、茗はポツリポツリと身の上を語り始めた。

母子家庭で、おまけにとんでもない汚部屋で育ったこと。どうも、生まれてこの方一

度も会ったことのない父親の不倫で生まれた非嫡出子であるらしいこと。高校を出る時

に父が亡くなり、それでパニックに陥った母親から、無理心中を図られたこと……。

「私は出来損ないなんです」

話の中で、茗は何度もそう繰り返した。

「いるだけで誰かを不幸にする。生まれからして不義理だって。それでも母のようにだけはなるまいと思っていたのに。結局同じことをしてしまって。死んだ方がいいって何度も思ったのに、その勇気も持てなくて」

「……」

はあっと長く息を吐き出し、絞り出すように告げる茗に、千夏子は黙り込んだ。

(あまりに……住む世界が違う)

千夏子は、両親に愛されて育った。

郊外にある彼らの持ち家、のみならず戸建てが実家だ。自分に「お父さんとお母さん」がいることはごく自然で、それ以前に当たり前で。かつ、家は母親の手で常に綺麗《きれい》に整頓されていて、日々の洗濯はいつの間にか同じ手で済まされており、美味しい食事、さらには学生時代のお弁当も、暮らしていれば提供された。

勉強も落ち着いてできる環境で、年頃になれば自分の部屋がちゃんと与えられた。学費も奨学金のお世話になったことはない。両親が全て、何も言わず賄ってくれた。

もちろん、そのことに感謝している。でも、こんなにも、それが「当たり前ではない」人がいるのだと考えたことなど、今までなかった。

茗は、保険証は期限が切れたのだという。だから、この五年ほど、歯医者にすらかかったことはないと。身元を証明するものがないから部屋を借りることもできない。家に戻れば、あの時包丁を構えて襲いかかってきた母親がいるかもしれない——。

(あまりにも遠い)

頭がクラクラする。これはドラマではないのだ。茗の生い立ちは、千夏子にとっては、まるで異界の物語を聞いているようだった。

「この話をすると、誰もが私を敬遠しました。でも、仁さんだけが、話を聞いてくれたんです。私自身に向き合ってくれた人は初めてでした。ご飯もご馳走してくれたり、色々気遣ってくれて……それで」

「……体を許したってわけ?」

「どんな罰でも受けます」

そう言って、斬首《ざんしゅ》を待つ罪人のようにうなだれる茗のつむじを、千夏子は複雑な心地で見つめた。

夫の浮気相手に対する怒りはもちろんある。子供を——遺棄したこともだ。でも、彼女のあまりに悲惨な経歴が、純粋な怒りにノイズを混ぜてくる。それは憐憫なのか、義憤なのか、果たして。

(仁くんのことなら、全部ではないけど、……曲がりなりに夫婦をやってきて、わかっていることだってある。それでも好きだって感情が、目にフィルターをかけていたけど)

「……あなたには酷な話をするけど。仁くんは別に、あなたのことを本気で親身になって考えてくれたわけじゃないと思う」

「……」

「彼は多分、可哀想《かわいそう》なあなたに同情していたわけじゃない。年下の可哀想な女の子に同情して、手を差し伸べる自分に酔っていただけよ。……下心が芽生えたんじゃなくて、最初からあわよくばいい思いをしようって下心込みの親切だった。そうじゃないと、そういうコトになるわけないでしょ」

千夏子のセリフに、茗はまた俯いた。こくんと僅かに頷いたところを見ると、おそらくは茗自身、察していたのだろう。仁の真意がどこにあるのかを……。

「……」

「これからどうするの？」

重ねて問うと、茗はまた黙った。

「その、上原……千夏子さんに……」

「千夏子でいいわ、旦那と同じ苗字《みようじ》だしやりにくいでしょ」

「あ、はい。……千夏子さんに、償いをしたいとは、思っています」

悪いことをしたのだから、と茗はますます首《くび》を垂れる。

悄然《しょうぜん》と肩を落としたその様子に。今更、猛烈な怒りが込み上げてきて、千夏子は拳を握りしめた。

「……償いって言うんなら、あなたの赤ちゃん、私にちょうだいよ」

「え？」

「私、仁くんとの赤ちゃん流産したの。もう結構経つけど」

その言葉に、茗はパッと顔を上げた。

「ええ⁉ だって仁さんは、赤ちゃんが産まれる予定だって――」

「やっぱり会社でまだ言ってなかったんだ……呆れた……あの人、本当にいい加減ね」

オロオロと狼狽える茗に、千夏子は吐き捨てた。

（本当に、適当で行き当たりばったりで、全然先のことまで考えてない。……挙げ句の果てに浮気して、外に子供？）

「なんで私の赤ちゃんがダメになって、あんたみたいなやつが子供、産むのよ。それなら私が赤ちゃんを欲しかった。私だって産みたかった。私がどんなに――」

長く苦しい不妊治療。なかなか協力してくれない夫。友人から届く年賀状にプリントされた子供の写真や、ベビーカーを押す単なる通りすがりの母親の幸せそうな表情にすら追い詰められた日々。それらが一気に蘇ってきて。頭に血が上って、深呼吸しようと目を閉じれば、瞼《まぶた》の裏が充血して真っ赤に染まる。煮えたぎったはらわたが喉元に迫《せ》り上がってくるような感覚に襲われ、嘔気《おうき》すら覚えて、千夏子は口元を押さえた。

(私のちいちゃんはいなくなったのに！)

燃え盛る怒りは、しかし、怯えたような表情を見せる茗を見ているうちにシュルシュルと縮んでいく。

「ごめん、取り乱した。……あなたに言ってもしかたなかったよね」

「いえ……」

それきり、また室内に沈黙が落ちる。

(正直……子供を捨てたのは論外だけど、そもそも孕《みご》っていたことから目を背けて、未受診妊婦だったことも許せない。妊婦検診を受けていないと、生まれてくる赤ちゃんにとってのリスクがグンと高まる。あなたのしてきたことって、お腹の中で虐待を加えていたんだって、はっきり言ってやりたい)

生まれてくるまでも、生まれてきた後も蔑《ないがし》ろにされ続けた赤ちゃんのことを思うと、胸が詰まる。あんたなんか母親失格だと、声の限り罵りたい。望んで望んで、望み続けた子供を流産した経験があるから、余計に。

(でも……)

茗はただビクビクとして千夏子の次のセリフを待っていた。

「中根茗さん。あなたのしたことって最低よ」

「……はい」

「でもそれは、私が言えた話じゃないのよね」

「?」

いまいちピンとこないといった風情で首を傾げる茗に、千夏子はしばし言葉を選んだ。

「要するに……私が正当にあなたを責めていいのは、私の配偶者に手を出したことだけなのよね、って。それだって責任の半分はあのバカ……じゃなく仁くんにあるもの。……お腹の中にいる子供をほったらかして、あまつさえコインロッカーに捨てたって行為について、あなたを責めていいのはその子だけ」

「そ、……うなんでしょうか……」

「ええ」

「じゃあ、私はどうしたらいいんでしょう」

唇を噛む茗は、行き場をなくした子供のような顔をしていた。

「私はどうすれば、あなたと、あの子に償えますか?」

「知らないわ」

千夏子の答えに、茗は絶望的な顔をした。

「……その子については知らない。あなたが自分で考えないと。でも、私については……そうね」

何気なく口を開こうとして、はっと我に返る。

その先に出かけていたセリフについて、千夏子は我ながら信じられない思いだった。

私は何を言おうとしていた？

――正気なの？

思わず、キャリーの中に真っ先に詰めた日記帳のことを思い出す。十月十日《とつきとおか》、四十一週目を迎えた時に、千夏子は「ちいちゃん」の元に行くつもり。

（今は三十九週目……）

「償う気持ちがあるなら。あと二週間、私と暮らして」

気づけばセリフはするりと口をついて出ていた。

「……え……」

「あなたの赤ちゃんが奇跡的に無事だったとして、警察がちゃんと保護してくれたなら、あなたや私が動くよりよっぽど適切に扱ってくれると思う。だから、警察にお世話になるならその後にしたらいいわ。それで、これからあなたの二週間、私にちょうだい。その間に子供の行方をネットで探してもいいし」

「はい……なんでもします」

だなと思う。

覚悟を決めたような悲壮な顔をして頷く茗に、千夏子はどうも彼女は誤解していそう

(私が拷問でも加えたり、奴隷扱いしたり、なんなら自分を殺すとでも思っているのかしら)

別に危害を加えるつもりはないのだけれど。千夏子はしばらく視線をめぐらせると、あえて何も言わずに「じゃ、とりあえず移動に備えて寝といて」とベッドを示した。

やがて聞こえ始めた茗の寝息を聞きながら、千夏子は長く重いため息をついた。

(我ながら何がしたいのやら……ただ)

猛烈に腹が立っていた。

一番度し難いのは仁とはいえ、それだけではない。

茗自身にももちろんだが。

ゴミ屋敷で茗を虐げてきた、彼女の母親にも。

そして、それこそ仁のような男が付け入ることができるくらい、今まで誰一人として彼女に手を差し伸べなかった事実にも。さらにはその「手を差し伸べなかった一人」には、彼女のような境遇の人間がこの世にいるなんて、およそ想像したこともなかった自分も含まれるのだ。

(なんなの。胸糞《むなくそ》が悪すぎて、このままじゃ死ねない。どうしたら、一番スッキリできるのかって)

――今は、架空の三十九週目。

キャリーバッグの中から、「ちいちゃん」の成長記録をつける日記帳を引っ張り出す。

正期に入ってからこちら、筆が止まっていたが、久しぶりに書いた文章は、なんだか「ちいちゃん」への日常報告のようになった。

『ちいちゃん。あのね、びっくりさせるかもしれないけれど。お母さんは今日、ちょっと不思議な拾いものをしました……』

5

（……朝……）

ビジネスホテルのカーテン越しに朝日が差し込んでくる。街路樹に止まっているのか、スズメの鳴き声まで聞こえてきて、茗はひどく重たい瞼を持ち上げた。

（そうだ、昨日は……）

頭がぼんやりして働かない。あまりに色々なことがあったからだろうか。

ネットカフェのトイレで出産したこと。

生まれたばかりの子供を、コインロッカーに遺棄したこと。

路地裏で力尽きて倒れていたところを、仁の奥さんに救われたこと。

夫の不倫相手だと言うのに。彼女は、——千夏子はびっくりするほど親切だった。おそらく十歳ほど自分より上だろう、落ち着いた雰囲気の、きりりと知的な感じのする綺麗な人だ。

一緒に見にいったコインロッカーには赤ちゃんはもういなかった。そして、千夏子の赤ちゃんが流産してしまっていたことを、その時初めて茗は聞かされたのだ。仁は一言もそんなことを言いはしなかったから。

——なんで私の赤ちゃんがダメになって、あんたみたいなやつが子供、産むのよ。

その台詞が、その叫びの苛烈さが、悲痛さが。今でも鼓膜に焼きついている。茗のいたたまれなさはひとしおだった。自分がやった行いの罪深さを、より強固に突きつけられたと感じたものだ。償いをしたいと希《ねが》ったら、彼女は何やら不思議な提案をしてきた、ような……。

「起きた？」

不意に声をかけられて、いよいよはっきりと脳が覚醒する。

すぐ上に千夏子の顔があった。すでに化粧も薄く施したようだ。

「おはよう、茗さん」

「え、あ、おはようございます……千夏子さん」

「体はだるいだろうけど、ここ、チェックアウト十一時だから、もうすぐ出ないといけないの。悪露《おろ》を受けるのに夜用ナプキンじゃ心許《こころもと》ないけど、とりあえず専用のやつ買いに行くまで我慢できる？　私もともと量多めだから大きいのあってよかったわ」

「えっと、お、オロ？」

「……おシモから血が出てるでしょ。産後に出てくる血のことを悪露っていうの、生理じゃなくて」

「あ、……はい、……ありがとうございます……？」

「じゃあとりあえず着替えて、はいこれ朝ごはん。食べたら早く出るよ」

パンツスタイルのカジュアルな格好に着替え終わった千夏子に、コンビニで仕入れたらしいパンやバナナ、牛乳や野菜ジュースなどを手渡される。「すみません、お金」と慌てると、「気にしない。あなたの二週間は私のなんだから」と一刀両断された。

目を白黒させながら、もそもそと食事を終えると、茗は恐る恐る千夏子に尋ねた。

「あの、出るって言っても、これからどこに……」

「とりあえず病院。あなた昨日、曲がりなりにも出産したんだから、診てもらわないと」

「ごめんなさい、私保険証がないから病院には」

「お金のことは私が払うから気にしない。これからも訊かないこと。二週間の約束よ、オーケー？」

しかめっつらの千夏子に人差し指を突きつけられ、茗は何が何だかわからないながら「……はい」と答えるしかなかった。

*

正直、千夏子には、ぶたれるどころか、殺されても仕方ないと茗は思っていた。

彼女の家庭をめちゃくちゃに壊すどころか、彼女が望みに望んで失ってしまった赤ちゃんを……。小さな命を授かっていたのに、そこから目を背けつづけ、挙句にコインロッカーに産み捨てた自分なんて、一万回殴られて、一億回海に沈められたって文句は言えない。

けれど。

いざ千夏子と相対して、茗が何をしているかと言えば。

——綺麗な病院で、診察を受けさせてもらっていた。おまけに、「保険証を忘れた」という名目で、彼女の十割負担で、だ。会計の金額は見るなと言われたのだが、いくらかかったのか考えるだけで恐ろしい。

「数針縫うだけで済んでよかったね。どうして放置してたんだって、お医者さんにめちゃくちゃ叱られたけど」

「はい……」

そして、果たして。産婦人科で予後を確認後、茗は千夏子の運転するレンタカーの助手席にいた。「とりあえず鉄分取って」とゼリー飲料を渡され、それを吸いながらの移動である。

ついでに道中、千夏子は車内に茗を待たせて薬局に行き、悪露用のシートや搾乳機などを手早く購入してきた。そういえば、昨日から乳房がガチガチに張って痛かったのだが、どうもそれは、赤ちゃんのためのお乳が溜まっているためらしい。

「あの、お気遣いいただいてすみません、私何も知らなくて」

「謝罪も禁止」

「……はい、すみませ」

言いかけて、また謝罪だった、と茗は慌てる。変なところで飲み下した言葉は、喉もとでごきゅんと音を立てた。

(謝罪は禁止って……むしろ私、いくら謝っても許されないことをしたんじゃ……)

むしろ、今まで謝らずにひとと話をしたことがあっただろうか。

茗は考える。

(なかったかもしれない)

あんたなんか産まなきゃよかったと母に罵られて、謝りながら生きてきた。生まれてきて申し訳ないと思ってきた。

学校で友達ができても、茗の生い立ちに引いてみんないなくなった。驚かせてごめん、と茗はまた謝った。

会社でも同じだ。いつも俯きながら、人に頭を下げて。仁にも……。

謝罪じゃないなら、他の人たちには、いったい何を言えばいいのだろう。

(それじゃ……?)

「……色々ありがとうございます」

ふと思いついてお礼に変えると、千夏子はふんと鼻を鳴らした。

「お詫び以外もちゃんと言えるんじゃない。その調子で頼むわ」

これは褒められたのだろうか。

キョトンとしつつ、茗は神妙な顔で「はい、頑張ります」と頷いた。


やがて着いたのは、少し鄙《ひな》びた様子の観光地だ。

「ここ……温泉街ですか?」

「うん、昔一度、取材でたまたま来たことがあって。割と落ち着いてていいところなの」

土産物屋や足湯などが並ぶ通りを抜けると、山道になる。少し走ると、やがて建物らしきものが見えてきた。その駐車場に、車は静かに入っていった。

(マンション?)

首を傾げる茗に、「リゾートマンションを借りたのよ」と千夏子は得意げにした。

管理人から鍵を受け取り、中に入る。「見晴らしがいい方がテンションが上がるでしょ」とのたまう千夏子は高層の部屋を借りたらしく、エレベーターは十階で停《と》まった。アイアンレースのバルコニーやでこぼこした白漆喰《しっくい》の壁などに、どことなく「在りし日の栄光」という題でもつきそうな、なんとも昭和の匂いのするリゾートマンションの白い廊下を抜け、「ここみたい」と部屋に通される。室内には、玄関、ベッドルームや和室やリビングなどの他に、キッチンやバスルーム、トイレまでが揃い、「高級マンションってこんな感じなのかな?」と茗は目をキョロキョロさせた。冷蔵庫や電子レンジ、洗濯機などの家電もひととおり備えてある。

「で、まずはこれ使って」

「えっ、あ、はいっ」

さっき買ってきた搾乳機や悪露用シート、母乳パッドなどをどさどさと手渡される。

何が何だか分からないなりに、言われるがまま、トイレで産後の悪露用シートに付け替えたあと、今度は搾乳機を使って、痛くて仕方のなかった母乳を抜いた。……ぷっくり充血して硬くなった乳首からは、なかなか乳が出なくて苦労したが、薄く黄色がかったそれが滲み始めると、「ああ、本当にお乳って出るんだな」と妙な実感が湧く。楽になったところで次の指示を待っていると、「じゃ、適当にベッドでも布団でも休んでて」

と言われて、今度こそ茗はギョッとした。

「あの！　千夏子さん」

「何」

「えっと、大丈夫ですか。その、私を殴ったりとか、……拷問とかしなくて」

「ええ？　なんであなたのために私が暴行罪を犯してあげないといけないの。人を勝手に犯罪者予備軍にしないで」

「は、はあ……」

バシッと叩きつけるように斜め上からの答えが返ってきて、茗は酢を飲んだような気持ちになって黙り込んだ。

「……産後はね、床《とこ》上げまで普通はひと月くらいかかるもんなの」

やがて、千夏子はそれだけ言うと、「わかったら寝る」と寝室を指さした。

「体力の回復には睡眠が近道。私も忙しくなるとついつい削りがちだったけど、今思えばあれは命まで削ってた。ちょっとでも私に申し訳ない、償いたいって気持ちがあるなら、とりあえず今すぐ寝てきて」

有無を言わせぬ迫力に、茗は戸惑いながらも「はい」と頷くしかなかった。

＊

コトコト、コトコト。かすかに聞こえてくるのは、なんの音だろう。

それに、お出汁《だし》の匂いがする。定食屋さんで嗅ぐような。いい匂い……。

「！」

いつの間にまた眠ってしまっていたのだろう。千夏子に連れられてきたリゾートマンションで、訳がわからないまま寝室に押し込められたところまでは覚えているけれど。

意識を浮上させた茗は、ガバリと身を起こす。

そこで、コンコンと軽くノックがあり、千夏子がドアから顔を覗かせた。

「よく眠れた？」

「はい、寝ていました」

なんだか文法的に正しいのだろうか……という会話になる。償いをすべき相手を放置して寝こけていたのだし、やっぱり謝罪を最初に言えないのは、なんとなく据わりが悪い。茗はびくつきつつ頷く。千夏子はそんな茗を一瞥《いちべつ》すると、手招きしてきた。

「起きられるなら、こっちのダイニングに来られる？　ご飯できたとこだから」

「……はい……え？」

体に力が入らないし、下腹部やら口に出せない場所もズキズキと痛む。ゆっくりと移動すると、さほど長くもない廊下の向こうにあるダイニングキッチンが見えてきた。

「わあ！」

マホガニーの円テーブルの上に並ぶものを見て、茗は思わず声を上げた。

ほかほかと湯気を立てる艶々の肉じゃがに、とろりとした黄色い溶《と》き卵と青いネギの鮮やかな雑炊、それにこんがり焦げ目のついた赤魚の西京焼。お出汁や醤油《しょうゆ》の匂いに混じって、ほうじ茶の香りが鼻をくすぐる。

「ぼうっと立ってないで、座る」

仕上げに箸やスプーンなどの食器類まで、千夏子は茗の前に置いた。

どうしたものか……とほかほかのご馳走を前に動けずにいる茗に、「冷めるから早く食べなさいな」と千夏子はさらにそっけない指示をくれる。

恐る恐る箸を伸ばし、西京焼を一切れ口に運んだ茗は、たちまち目を見張った。

「美味しい……！」

ほんのりとした甘味が口の中に広がり、白身がほろほろ崩れる。焼き加減もちょうどいい。

「こんな美味しいの初めてです！　すごくすごく美味しい！」

「……そう」

夢中で食べ終え、肉じゃがにも手をつける。こちらもこっくり甘辛くて、醬油が香ばしくて、とろとろに溶けたじゃがいもの食感が優しい。雑炊も、こんなにお出汁が美味しいなんて。

「すごい。料亭みたい！　……あっごめんなさい、料亭って行ったこと無いんですが、きっとこんな感じなのかなって」

「大袈裟《おおげさ》ねえ！」

空っぽになった器を前に恍惚とする茗に、千夏子は声を立てて笑った。

——千夏子が笑うところを見るのは初めてだった。

ひとしきり笑ったあと、「はあ、おっかし」と涙を拭い、千夏子は息を吐いた。

「喜んでもらえたなら何よりだわ」

「あの、それで私は何をすれば……」

今のところ茗がしたことと言えば、ひたすら千夏子のお世話になって、暖かいところで眠らせてもらい、美味しいご飯をご馳走になっただけだ。

「償い、しなきゃですよね」

戦々恐々としながら尋ねる茗に、千夏子は苦笑した。

「特に何も」

「何も？　……はい？　あの、どういう意味で……」

「深い意味も何もなくて。ただ単純に、ここで私と二週間暮らして、しっかり静養して。動けるようなら掃除とかのお手伝いはお願いしたいけど。本当は、産後って一ヶ月は休んでないといけないって言ったでしょ」

「え？　……ええ？」

全く事態が飲み込めず混乱する茗に、千夏子は何かを考え込むように視線をめぐらせた。

「私ね、怒っているのよ」

やがて千夏子が告げた言葉に、茗はびくりと居住まいを正す。

「あなたにも怒っているし、私を裏切った仁くんのことは考えるだけで血が沸騰しそう。……でも、あの人に何か具体的に復讐《ふくしゅう》してやろうって思うと、何が一番効くんだろうって考えると、うまく浮かばないのよね」

結局ね、と千夏子は視線を落とした。

「あの人のことを考えて、腹を立てて囚《とら》われている限り、私はそこに囚われたままで報われないのよ。それじゃ、せめてあなたも巻き込んでやろうかなーって」

「巻き込む、……ですか？」

「ええ。たまたまつけ入りやすい対象があなただったから、あの人は寄ってきたの。なんか他人事と思えないわ。あいつの自己満足に幸せにしてもらったなんて、あなたが幻想を抱いたままなの、シャクじゃない？」

「はあ……シャク、ですか」

「あなた、あんな奴《やつ》なんていなくてもご飯は食べられるし寝床も確保できるし、下心なんてなくても今こうしてあなたのことを見ている人間もいるものよってことを、思い知らせてやりたかったの。それだけ」

自らも雑炊をぱくつきつつ、憤慨した様子で千夏子は続けた。

それを聞いて。

——下心なんかなくても。

謝り続けなくても。

自分を見てくれる人がいる？

（本当に？）

それを聞いた途端に。

なんだか茗は、ずっとずっと待ち続けた言葉をかけてもらえたような。心にぽっかり空いた穴が、少しだけ塞がれていくような気持ちで。——胸がいっぱいになってしまって。

（私……）

茗は、眼筋にぎゅうっと力を込める。目頭や鼻が熱くなって、目から雫が溢れた。

「……ありがとうございます、千夏子さん」

「……泣かないでよ」

そのまま、両目を擦りながらしゃくり上げ始める茗に、千夏子はぶっきらぼうに命じた後、何も言わなかった。


こうして、千夏子と茗。

夫に浮気された者と、その浮気相手。望んだ子供を流産した女と、望まぬ子供を捨てた女の、奇妙な共同生活がスタートしたのだ。

6

赤ちゃんのいる生活というのは、思った以上に大変だった。

コインロッカーから〝拾って〟きた新生児と同居し始めてから、莉音はつくづく実感してばかりだ。

まず泣く。とりあえず泣く。何があっても泣く。おむつが濡れても、お腹が減っても、眠くても寂しくても泣く。おまけに昼夜問わず、だ。

「いやいやなんで眠いのに泣くの⁉　ふつーに寝りゃ良いじゃん！」

思わず叫ぶ莉音に、瑞稀がのんびり教えてくれた。

「寝るって感覚がまだわかんないのよ、赤ちゃんは。だから、意識がなくなってしまうのが怖くって泣くらしいわぁ。面白いわよねぇ」

「ええ……？　その辺は、野性の感覚でどうにかなんないのかな……」

この生き物、多分自然界に放り出したら爆速で死ぬんだろうな、と莉音は眉を顰める。

何せ、自分で食べるどころか眠ることすらできないなんて。

ついでに、抱っこでゆらゆら揺らされながら天使の顔をして眠っていても、毎度布団に下ろした瞬間に身も世もない声で泣き出すので、「スイッチでも付いてんのか⁉」と莉音は度肝を抜かれたものだ。どれだけ安らかな表情で寝ていても、置けば絶対に赤ちゃんは起きた。瑞稀曰《いわ》く、「ついてるわよぉ、背中スイッチ」。真顔で言われたので、冗談なのか本気なのかいまいちわからない。

（抱っこの……しすぎで……腱鞘炎《けんしょうえん》になりそう……！）

ろくに眠れていないので、ゾンビのごとき顔色で莉音は唸《うな》った。目の下のクマもいい加減に常駐気味になってきて、夜中、通りすがりの人に道でも尋ねようものなら、幽霊と間違われて逃げられる気がする。それと、今は書き物をする事務系のバイトだけはするまい。確実に手首が死ぬ。

なお、ネットカフェのバイトは、クビというより、子供を見ながら昼夜ともなく働くのは不可能で、やはり辞めざるを得なかった。おまけに、予想通りというかなんというか、やはりあの女性客は赤ん坊を店のトイレで産んでいたらしく。「一体お前は何をやっていたんだ、おかげであの後警察も呼んで大変だった」と店長から疲れ果てた声で詰められた莉音は、視線を泳がせたものだ。よもやその赤ん坊がとうの莉音の手元にいるなど、店長は思いも寄らないだろう。

(まあ、終わった話だけど……そんなことより、今は赤ちゃんだよ)

「頻回授乳？　とかいうの、ぶっちゃけ話盛ってンのかと思ってたけど、マジだったんだね……瑞稀さん……」

「もうちょっとしたら体力も出てくるし、まだまだ。これからよ？」

ニコニコ笑いながら平然と赤ん坊の世話をしている瑞稀に、莉音は「うへぇ」と口をへの字に曲げた。

赤ん坊とは、なんだか別種の生き物のようだ。生態からして異なるのだから。例えば時折、抱っこから布団に下ろした時に、手足を強張ったようにびくつかせることがあって、「なになになに、病気⁉　痙攣《けいれん》⁉」と泡を食って青ざめたら、生まれたての赤ん坊特有の反射だった、ということもあった。「大丈夫よぉ！　原始反射ってものだから」と瑞稀には大笑いされてしまったものだ。

昼間は瑞稀が子供の面倒を見て、夜は莉音が世話をする。そういうサイクルが出来上がって、そろそろ一週間ほどが経過している。直人は新しくできた彼女のところに入り浸っているらしく、赤ん坊がこの家に来てからこちら、一度も帰ったことはない。正直なところ、赤ん坊のことを直人にどう説明したらいいのか、莉音にはまだわからなかった。それどころか、どうして発作的に連れてきてしまったのか、自分でも理由が曖昧だと言うのに……。

（直人が帰ってきた時は帰ってきた時で考えよう。なんか頭ぼーっとしてあんまり働かないし……はあ。世の中のお母さんって無茶苦茶タフだったんだなあ……）

でもまあ、病気をしていないだけよかった、と。

疲れたのかようやく下ろしても泣かなくなり、座布団を重ねた簡易ベッドの上ですやすや眠る赤ん坊を見下ろしつつ。莉音はちらりと考えて安心する。念のため、莉音が前に体調を崩した時もお世話になった個人医院に診てもらったところ、今のところ奇跡的に何の障害も問題もなく元気だと言われてホッとしたところなのだ。「オウダンもないし、血液検査も正常で、耳の聞こえも大丈夫そう。でもまあ、もっと大きい病院さんできちんと見てもらった方がいいよ」と、柔和な表情の老いた医者は告げながら、慣れた様子で小さな身体のあちこちを確かめては頷いていた。生まれたばかりの赤ん坊というのは本当に弱くて、あらゆる病気にかかるリスクを背負っているのだと、莉音はその時改めて知った。

それにしても、「母子手帳は？」と尋ねられて「なくしてしまった」、「名前は？」には「まだつけていない」としどろもどろに答えたのは、我ながらなんとも苦しく不審なことだが、医者は「そう」と頷いたきりノーコメントだった。

おそらく、何かを察してはいただろうと思う。「……ま、色々あるんだと思うけど、頑張って正しいことをなさいよ」と、最後に妙に重々しい調子で告げられたから。おまけに、領収証には十割全額の記載があったのに、請求されたのは二割だった。驚いて「えっ」と声をあげる莉音に、医者の奥さんらしい事務の女性は、微笑んだまま首を振った。

（……なんか、……なんつーか……助けられて生きてるんだな、って）

直人の使っていたという青いロンパースを引っ張り出してきて着せつけた赤ん坊の、柔らかな茶色い髪を撫でながら。莉音の頭に、ふとそんな言葉が浮かぶ。

（お医者さんにも助けられてるし。あたしがこの子を助けたっていうか。この子を助ける前に、あたし自身が瑞稀さんに救われてるし……）

何か曰く言い難い〝やさしいもの〟が、巡り巡っている。そんなふうに感じる。――今は、この子を中心に。

「はあ。くっそー、……可愛いんだよなぁ」

大変なのは、それはもう大変だ。

でも。

小さな小さな、それでもちゃんと五指の揃った手をパタパタ動かしつつ、「あう、あぶ」と声をあげたり。プルプルの桜色の唇で、一生懸命に「んく、んく」とミルクを飲んでいるのを見ると。

なんだか、胸のあたりに、ボワアッとあったかくて切ないものが込み上げて、たまらなくなる。

思わず「可愛いねえ」と瑞稀に言うと、「愛《いと》おしいってどんな感情か、なんだか分かっちゃうわよねぇ」と苦笑された。くしゃみしたとか、がっつきすぎてミルクにむせてしまったとか、ゲップが出たとか。赤ん坊のなんでもない仕草に、瑞稀と二人で顔を見合わせて笑い合うのが、すごく楽しい。「可愛いね」「可愛いわよね」それだけの会話で、とても満ち足りた気持ちになれる。

(ほーんと、赤ちゃんって変な生き物……)

鼻を近づけると、ふわりと甘い香りがする。そう、赤ちゃんは不思議だ。香水も何もつけていないのに、なんだか甘くて優しい、いい匂いがするから。

「お前さあ。名前……ないと、あんまりだよなあ」

生まれてしばらくは、赤ちゃんというのは視力がないに等しいらしい。じゃあひよこみたいに刷り込みってのはないんだなあ、などと取り留めもなく考えつつ、やはり直人のお下がりだという水色のガラガラを振ってやりながら。莉音は、もちもちした赤ん坊のほっぺたをつついた。

(ちっさいなあ)

名前を決めてやったらどうだろうか。

そんな思いつきを、「いやいや、名前なんて勝手に決めていいものだろうか」と自主的に打ち消してみたりもする。突発的に連れ帰ってしまったものの、ずっとこのまま世話をしていられるものでもないと、莉音もさすがにわかっている。

（……今だけだ。落ち着くまで。あたしはお母さんじゃないけどさ。……せめて、記憶のどっかに、生まれてすぐに施設にやられたんじゃなくて、あったかい場所で過ごせたんだって……どこまで覚えてるかなんて知らないけど）

（いつかは、ちゃんと……どっか、そういうトコに預けないといけないんだろうけど。それまでは……今だけは）

（それにしてもホンット、ちっせえの）

つらつらと考え事にふける。そういえば、件《くだん》の医者が身長を測ったところ、体重は三千グラム弱で、身長は五十センチに満たなかった。

ちっこいの、とか小さいやつ、と、たまに呼ぶけれど。

「ちーちゃん、ってのはどう」

うん。いいんじゃないか、呼び名くらいなら。

なんだか決めたばかりのそれが、すごくシックリくる気がして、莉音は自分で悦に入った。ちーちゃん。うんうん、考えるほどにピッタリじゃないか。こいつ、本当に小さいし……。

「ふふ、よろしくな、ちーちゃん」

改めて呼びかけると、赤ん坊はまた、ビイン、と手を上に伸ばす例の反応をした。なんだっけ……そうそうモロー反射。もうすっかり見慣れた仕草ではあるけれど、それがなんだかまるで、「そうだ」と肯定してもらったような気がして。

莉音は嬉しくなって、また、モニモニと「ちーちゃん」のほっぺたを指で押した。

——と。

ガチャガチャ、と玄関の方でドアノブを回す音がする。

(瑞稀さんかな？　仕事上がりにしては早いけど。何、鍵忘れた？)

深夜シフトで二十四時間営業のスーパーのパートタイムの仕事に入っている瑞稀は、大体夜明け頃に帰ってくる。入れ替わりに、莉音が外に働きに出るのだ。

「はーい、おかえり……」

ちーちゃんを寝かせたまま、莉音は玄関に向かった。そこにいるのは瑞稀だと疑いもせずに。けれど。

そこに立っていた人物を見て、莉音は目を瞠った。

オレンジに近い明るい茶に染めた髪。軟骨や鼻にも空けたピアス。瑞稀とどことなく似通っているが、ずっと不機嫌そうに表情筋が固まった顔立ち。黒い合皮のジャケットと、ダボダボの使い古したダメージドデニムは、最後に見かけた時と同じ格好だ。

「直人……」

帰ってきたのか。

「ヨォ。ちょっと付き合え」

事態が飲み込めず立ちすくむ莉音に、「ただいま」の挨拶もなく、玄関から滑り込んできた直人は彼女の腕を引っ張った。そのまま外付け階段の方に視線を向ける彼は、自分が寝床にしている二階に連れていくつもりだと分かり、慌てて抵抗する。

「ちょ、放せよ！　なんなのいきなり！」

「は？　ナニ処女みてえな反応してんの。ンなの決まってんだろ。付き合えっつったんだから」

「じゃなくて……！」

断られるのが予想外だったのか、不快そうに片眉を上げる直人に。莉音は唇を噛む。

（何をシようとしてんのかはわかるけど、今は……）

一階にちーちゃんがいるのに。

いつ泣き出すかもわからない赤ん坊をほったらかしてソウイウコトをするのは、なんとなく気分が悪かった。こんな心地になるのは初めてだ。別に、今までどんな相手といつシようが、全然かまいはしなかったのに。

摑まれた腕を振り払って、「とにかく上には一人で行けって！」と莉音が声を荒らげた途端。

「ほああん、ほぎゃあ……」

リビングの方から、火がついたような泣き声が響いてきた。

（そっか、あたしたちが近くにいないから……！）

起きた時にそばに莉音か瑞稀の姿がないと、ちーちゃんはこの世の終わりのような声で泣き叫ぶ。早く行って安心させないと、と焦って踵を返した莉音を、顔色を変えて靴を脱いだ直人が、横に突き飛ばして押し除《の》けた。

「痛っ……」

壁に肩をぶつけてうめく莉音を捨て置き、直人はズンズンとリビングに直進する。何せバラックのような作りの狭い家だ。すぐに目的のものを見つけ、直人は大声を上げた。

「なんだよ⁉　これ！」

「……」

「おい、説明しろよ。なんで俺んちにガキがいるんだよ！」

肩を摑んで乱暴に揺さぶられつつ、莉音は肺を絞るようなため息をついた。

（見つかっちゃった……）

「知り合いの子を預かってんの。瑞稀さんも良いって言ったことだから」

直人には咄嗟にそう説明したが、なかなか納得してもらえず、莉音は難儀した。いっそのこと、「あたしがあんたの子を産んだんだ」とでも言ってやればよかったかもしれないが、流石にその嘘はまずいだろうと判断したのだ。

「はあ？　聞いてねえよ！　ここは俺の家だぞ！」

「だから、瑞稀さんも知ってるってば……！」

堂々巡りだ。さっきからこの応酬を何十回としている。

「ふざけんなよお前。何勝手なことしてくれてんだよ！」

こんなふうに直人から罵られても、返す言葉を持たなかった。莉音としては、確かにこの家に「間借りしている」だけの身だ。

「……ごめんって言ってるじゃん」

苦々しい思いで俯くと、「なんだよその言い方」と声を荒らげられる。その拍子に、眠っていたちーちゃんが目を覚ましてしまった。

「ほあぁ、ほぎゃあ、……」

初めて見る人間がいる上に、あからさまに剣呑《けんのん》な空気を放っているときて、当然のことながらちーちゃんは泣き出した。途端に直人も爆発する。

「うるっせえな！　俺はガキの泣き声嫌いなんだよ！　あ？　何ギャーギャー泣いてんだ、黙れクソガキ‼」

「大声出すのはやめてってば！　赤ちゃんなんだよ⁉」

「ンなもんがうちにいるのが悪いんだろが！」

直人がヒートアップすればするほど、ちーちゃんも顔を真っ赤にして泣き騒ぎ、さらに直人が逆上する。家の中は、怒鳴り声と泣き声で嵐がきたようになった。

（どうしよう……！）

庇《かば》うようにちーちゃんを抱きしめたまま、莉音も泣きそうになる。結局、パートから帰った瑞稀の口から説明されるまで、直人は何を言っても聞く耳を持ってはくれなかった。

「俺は認めたわけじゃねえぞ。俺の部屋まで聞こえるくらいうるさく泣き喚《わめ》くようだったら、そのクソガキ放り出すからな」

捨て台詞とともに、足音荒く二階の自室に上がろうとする直人に、莉音は思わず呼びかけた。

「直人、あんた新しい女んトコにしばらくいるんじゃなかったの」

「……るせえ、あんなブスもう別れた！」

怒鳴り返され、莉音はごくりと唾を呑んだ。

そのまま上がっていく足音を、今度こそ呼び止めることはなかったが。ヒヤリと冷たいものが胃の底に沈む。

（……じゃあ直人、しばらくはこの家にいるってこと……か……）

ちーちゃんは、夜泣きもするし、世話に莉音も瑞稀もかかりきりになる。直人は自分が物事の中心にいないと途端に気分を悪くする子供っぽさがあるのだ。付き合っていた当時はそう言うところも可愛いと思っていたけれど、気持ちの離れてしまった今はもう昔の話である。

（まだ生まれたてでそんなに声も大きくない……二階にはあまり声が響きませんように）

祈りながら、泣き疲れて眠ってしまったちーちゃんの顔を見下ろす。

（今日は、呼び名が決まったって。瑞稀さんに話すのが楽しみだったはずなのに……なんでこんなことに）

涙の跡が残る、濃いまつ毛が影を落としたその幼い顔に、ほんの少しだけ心が癒された。

＊

――しかし。

莉音の祈りも虚しく、ちーちゃんの声を聞きつけるたび、直人は一階に怒鳴り込むようになってしまった。

おまけに直人は、別れたばかりの彼女の財布をあてにしていたおかげでバイトを減らしていたらしく、家にいることが多くなっていた。新しく仕事を増やすつもりもないようだ。無為に家でゴロゴロと過ごす時間が、余計に彼を苛立《いらだ》たせているようだ。

「そのクソガキ、生ゴミで出してこい。貸せ、俺が捨ててくる」

「やめて……！」

こんな応酬が毎日のようにある。

実際にちーちゃんに摑みかかったり蹴ろうとしたりも多々あり、その度に莉音は、全身で覆い被《かぶ》さるように赤ちゃんを庇った。最初は舌打ちして引き下がっていた直人だが、ある日を境に我慢が利かなくなったらしい。

「……じゃあお前が黙らせろよ！」

罵声とともに、莉音の背中ごと蹴り付けられ、息が詰まった。

（うっ……痛……！）

ガッ、ゴッ、と鈍い音とともに、容赦なく踵《かかと》が脊髄の上に降ってくる。莉音は声も上げずに耐えた。ちーちゃんは火がついたように泣きじゃくっている。

やがて、飽きたのか蹴るのをやめて「明日までに捨てとけよ、そのゴミ」と吐き捨てて自室に戻っていく直人を、莉音は声もなく見送った。

殴られたり蹴られたりするのは初めてではない。ただしそれは、育った施設の上級生たちから受けたものだ。直人は暴言は吐くが、暴力だけは振るわなかったのに……。

そして。

その日を境に、直人は本格的に莉音に危害を加えるようになった。

おまけに、最初は莉音自身ではなくちーちゃんを狙うのだ。莉音が身を挺《てい》して赤ちゃんを庇うことを織り込み済みで。

顔は狙われなかったが、背中や腹や腿は青あざだらけになった。一番嫌だったのは、ちーちゃんの前で性行為を求められた時だ。無理やり服を剥がされそうになり、手足を振り回して抵抗して、結局は二階に行くことで落ち着いた。体を直人の手が弄《いじ》り、下肢をなぶられている間じゅう、下階からは、ずっとちーちゃんが不安に泣き叫ぶ声が響いていた。

「直人。あんた莉音ちゃんに何やってんの！」

帰ってきた瑞稀が異変に気づいて駆け込んできたお陰で、どうにかその日は勘弁してもらえたが。以来、瑞稀の目が届かないところで、直人は莉音に手を出すようになった。さすがに瑞稀に対しては手を上げることはない代わりに、その分の鬱憤《うっぷん》を晴らすかのように、莉音に当たる。行為の時は、やはり避妊もしてくれない。

（いつか……）

あたしも。

あの、ネットカフェのトイレで出産した女性客みたいに。人知れず望まぬ妊娠をするのだろうか。

いつものように莉音の体を好き勝手に抱いてから、さっさと部屋を出て行ってしまった直人の背を見送りながら。股の間からどろりと流れ出るものをティッシュで押さえつつ、莉音はため息をつく。

一つだけ違うのは。

――きっと自分には、もしそんなことになっても、コインロッカーに子供を捨てるなんてできないということだ。だってもう、知ってしまった。腕に抱きしめた赤ん坊のあたたかさ。愛おしさを……。

（でもやっぱり、今デキんのは困るなあ……ちーちゃんのことだって、どうすべきか解決してないのに）

「莉音ちゃん……ねえ、大丈夫……？　顔、真っ青よ？」

日に日に憔悴していく莉音を、瑞稀は心配してくれた。

「直人がまた何かしているんじゃないの。わたしからもう一度、ちゃんときつく言っておくわよ」

「へーキへーキ。育児疲れとバイト疲れだって」

莉音はヘラリと笑って誤魔化した。「そうだ」と言ったところで、瑞稀は四六時中直人を見張ることなんてできない。結局、彼女の目の届かないところで、もっとひどいことになるに決まっている。やり過ごすしかないのだ。

（そうだよ。ここにいたければ……耐えるしかない）

——莉音は、しょせん居候。

瑞稀は莉音を気にかけてくれるが、結局は血のつながりがあるのは直人の方なのだ。

莉音はもちろん、拾ってきた赤ん坊のちーちゃんなんて、完全に瑞稀にはとばっちりだ。直人だってそう。耐え忍ぶ必要があるのは莉音だけ。莉音さえ歯を食いしばって我慢していれば、ちーちゃんにまで危害が及ぶことはないし、瑞稀のことだって不安にさせずに済む。

（むしろあたしが出ていけば）

ちーちゃんのことは然《しか》るべきところに預けて。自分が消えれば、この家はうまく回るのではないか。そう、乳飲み児《ちのご》を抱えて外を放浪するのはさすがに難しいから、出ていくならば、ちーちゃんも手放さなくてはいけない。

そもそもこの現状が歪《いびつ》で不自然すぎるのだ。そんなこと、きちんと理屈では理解できているはずなのに。いざ行動に移そうとすると、どうしても後ろ髪を引かれる。

瑞稀からも、ちーちゃんからも。

離れて生きている自分の姿が、どうしても受け入れられないせいだ。

親の愛情と無縁な生活をしてきた莉音にとって、無償の献身をくれた瑞稀の存在は、すでに実母よりも大きくなっていた。

そして、無垢《むく》な心で、ただただ一心に自分のことを必要としてくれるちーちゃんもまた、莉音にとってはどうしても捨てがたいものになっていた。

考えなくてはいけない。決めなくてはいけない。これからどうするのかを。

考えたくない。決めたくもない。このまま、ここにいたい。

莉音は悩んで悩んで、悩み続けた。けれどいくら悩んでも、やはり答えは出なかった。

＊

直人が家で過ごすようになって、さらに一週間ほど経った頃だろうか。

すっかり慣れた手つきでちーちゃんのおむつを替えてしまってから、莉音はそのまま腕に小さな体を抱き上げた。

(ちょっとだけ大きくなってんのかな、こいつも……)

ぱっちり目を開いて、ちーちゃんは「あう」と小さく声を上げた。心なしかしっかりしてきた気がするけれど、ふくふく柔らかくて、あったかい。ミルクだけしか飲めなくて、弱くて。でも、とんでもなく愛おしいもの。毎日大変だけれど、手をかけるほどに可愛さが増す気がする。

なんだかちょっとだけ笑っているように見えるけれど、瑞稀さん曰くこれは「新生児微笑」といって、特に面白がって笑っているのではなく、生理現象のようなものらしい。しばらくすると、莉音の抱っこで落ち着いたのか、だんだんうとうとと瞼を重くしている。

(直人のこと、解決しないけど……ちーちゃん見てると、なんか細かいことどうでも良くなるなあ)

赤の他人の、それも捨て子を。ろくに寝ずに世話し、おまけに元カレの暴力からも身を盾にして守っているなんて、自分でも訳のわからない状況だなと、我に返るたび思いはするのだが。それでもやっぱり、この温もりを抱えると、ホッとして、細かい悩みが砂のように吹き飛んでしまう。

(自分の親には捨てられたし、母性本能なんて信じていなかったけど、あたしには意外とあるのかも。なんてね)

そのまま腕の中の赤子をゆらゆらと揺らしてあやしていたところ、不意に、トントンと上階から直人が降りてくる足音が聞こえ、莉音は身をこわばらせた。

(今日もまた、何かされるんだろうか)

せめてちーちゃんに危害が及ばないように。それだけを、ここ最近は考えるようになっている。莉音が覆い被さってから蹲《うずくま》れば、小さな赤ん坊の体はすっぽりと守ることができる。あとは、蹴られようが殴られようが怒鳴られようが、ただ亀にでもなったつもりでじっと身を固くしていれば、直人はそのうち飽きて引き上げてくれるのだ。

(瑞稀さんが帰ってくるまで、あと少し。……それまで今日も持ち堪《こた》えれば……)

今の間にしっかりとちーちゃんを胸に抱きしめつつ、莉音は息を殺して、足音に背を向けた。

……しかし。

いつもはリビングに入ってくるなり怒鳴り散らされるのに。今日に限って、直人は何も言ってこない。

(……え?)

どうしたんだろう。

驚いて振り返る莉音に、直人はいまいち感情の機微の読めない顔で告げてきた。

「なあ……そいつ、寝てんの？」

「……？　う、うん。さっき寝付いたとこ」

あまり大きな声を立てられてはまた泣かせてしまう、と言外に含ませる。赤ん坊に手を出されやしないかとビクビクしつつ莉音が答えると、直人は「あッそ」と興味がなさそうに頷いた。

——が。

「なあ、寝てんなら、そいつちょっと抱かせて」

次に直人の放った言葉に、莉音はめんくらった。

「は……？　どうしたのいきなり」

「だって今まで触らせてくれたこともないじゃん。ろくに顔も見てねえガキが泣いたら俺だってイラつくと思わねえ？　一回触ったら愛着とか出るかもじゃんか」

いつになく饒舌《じょうぜつ》に、穏やかに直人は語った。莉音の方はとにかくぽかんとしてしまって、付き合いの長いはずの直人の顔を、初対面の人間でも見るような気持ちで凝視してしまった。

（本気で言ってんの……？）

今までのひどい態度は、単純に拗《す》ねていたというだけ？

莉音の逡巡を見てとったように、直人はさらに言い募った。

「絶対にひどいコトとかしねーから。ちょっとだけ。……な？」

「……」

疑《うたぐ》り深いこちらの機嫌を伺うように、少し上目遣いに見られて。それが、付き合い始めた頃、決まりが悪い時に直人がよくやっていた仕草にそっくりで……。

（直人……）

ようやく、直人の方から歩み寄ろうとしてくれている——。

莉音はそんなふうに受け取った。ああそうだ、なんだかんだ言っても、彼は元カレで、あの瑞稀の子なのだ。今までぶつけられた言葉や暴力が報われるようで。目頭がじわりと熱くなる。

「……うん。気をつけてね、まだ、どこもかしこも弱っちいんだからさ」

「ん」

すん、と洟《はな》を啜りつつ莉音がおずおずとちーちゃんを差し出すと、直人は両腕で受け取った。そのまま、不安そうな顔つきで、当初の莉音よろしくおぼつかない手つきで胸に抱くので。

（あーあ、泣き出さないようにコツを教えないと）

「あのね、直人……」

なんだか微笑ましい気持ちになる。思わずクスッと苦笑しつつ、莉音が口を開いた時だ。

「――なんてな」

直人はスッと表情を消すと、そのまま腕を振りかぶり。

なんの予告もなく。思い切り、――ちーちゃんを床に叩きつける。

ベシャリ。鈍い音が室内に響いた。

「え、……？」

目の前で何が起こったか一瞬理解できず、莉音は凍りついた。

「ぎゃあああん！」

数秒置いて、ちーちゃんの絶叫が耳をつんざく。

「るっせえ‼」

すぐさま直人は足を振り上げて、足元に転がる赤ん坊を踏み、蹴飛ばした。小さな体は硬い床の上を弾み、泣き声は激しさを増す。

「ちーちゃん⁉ な、……何……すんの、いきなり……やめろよ直人⁉」

やっと脳に血流が巡り始めた。

弾《はじ》かれたように莉音はちーちゃんの元に駆け寄り、すかさず抱き上げて胸に抱えこむ。

その背中を、直人の足が蹴り付けてきた。

「何すんだはこっちのセリフだっての！　いい加減に捨ててこいっつってんのに、お前がいつまでもいつまでもそいつを家に置いてんのが悪いんだろクソ女！　死ねよ！　そいつごと死ね！」

「やめて、やめて！」

髪の毛を摑んで後ろから引っ張られ、ガクンと首がのけぞった。その拍子に、ちーちゃんを抱いた腕から力が抜ける。ふっと腕の中の温もりが消えたかと思えば——顔を上げた莉音の前で、まるで猫の子でも摑むように片手に赤ん坊を摑んでぶら下げた直人が立っていた。

（あ……！）

泣き叫んでいたはずのちーちゃんは、今はぐったりと四肢を重力に任せて脱力している。ピクリとも動かないその姿に、莉音は口元を覆った。平気なのか。頭でもぶつけたのか。どこか、——怪我を。

同時に、直人の目がリビング中を探るように動き、不意に、何かいいことを思いついたように唇が歪《ゆが》む。

彼が見ているのは、——テーブルの角だ。

（叩きつけるつもり）

そちらに向けてズンズンと歩き始める直人に、すうっと全身から血の気が引くような心地がして、莉音は絶叫した。

「やめて‼　やめてって言ってるだろ！　あたしには何してもいいから！　ちーちゃんはやめてぇ！　何もしないで‼」

その腕に縋り付くが、すぐに舌打ちまじりに振り払われる。莉音はなおも叫んだ。

「死んじゃう！　生まれたばっかりなんだよ、赤ちゃんなんだよ、死んじゃうから！」

「死ねばいいだろ！」

直人は怒鳴り返した。

「うちにいるのがおかしいんだよ。お前もこいつも！　いたけりゃ死ね！　死んで出てけよ！」

支離滅裂だ。けれど、怒りに顔を赤黒くし、こめかみに血管を浮かせた直人は、まるで得体の知れない化け物か何かのように莉音の目には映った。

（殺される）

（殺される、この子もあたしも）

（この子は守らなきゃ）

（あたしが守らなきゃ）

ぐるぐる、ぐるぐる。思考がちぎれ、脳内を文字の羅列が巡った。莉音は必死だった。守らなくては。

排除しなければ。この化け物を。

この子が殺される前に、早く早く――

考える前に、莉音の足はリビングと隣接したダイニングキッチンに向かっていた。積まれた米袋や、ごちゃごちゃと調味料が置かれた籠を蹴飛ばし、備え付けの棚に手を伸ばす。

そこにあるもの。

――包丁に。

「ちーちゃんに手を出すな!!」

そこから先の己の動作を、莉音はほとんど覚えていない。

ただ、気づいた時には腕や肩に負荷がかかり、手のひらに重い衝撃があって。

ズブズブと柔らかい何かに串でも差し込むような感触とともに、鈍色《にびいろ》の刃の先が、直人の脇腹にめり込んでいた。

「え……あ……?」

ずるり、とちーちゃんを掴んでいた彼の腕から力が抜ける。包丁の柄から離した手で咄嗟に抱き留めたまま、莉音はその場にへたり込んだ。

直人は、己の身に何が起きたのか、まだよくわかっていないようだった。

「へ……?　俺……何、で……?」

目を見開いたまま、その口から呻き声が漏れる。直人はその場に膝を突き、前のめりに倒れ込んだ。包丁が埋まったままの脇腹から、じわじわと鮮やかな赤が広がっていく。ああ血だ、と頭が認識する前に、シャツを濡らしたそれは、黒ずんだオレンジ色の絨毯にも染み込んだ。

「りお、……お、ま……」

カプカプ、と直人の口が動く。投げ出された五本指が床を掻いた。

(なに。なに、これは)

(なにがおきたの)

その様子を見つめたまま、莉音はやはり動けなかった。自分が何をしてしまったのか。いまだに、理解できていないのだ。

(あ、あたし、あたしが刺し……)

「直人……⁉」

——と。

悲鳴とともに、自分の脇をすり抜けていく影があり、莉音は身をこわばらせた。

「み、瑞稀さん……」

カチカチと嚙み合わない歯の奥からなんとか声を絞り出す莉音の前で、見たこともないほどに取り乱した瑞稀が、直人に縋り付く。

「直人⁉ しっかりして、直人……! 莉音ちゃん、何があったの⁉」

「ち、ちーちゃんが、殺されかけて、だからあた、あたし、あたしが……」

肩を摑んでガクガクと揺さぶってくる瑞稀に、莉音はどうにかそれだけを返した。

「ごめんなさい、ごめんなさい……!!」

途端に、視界が滲み。目からボロリと雫が溢れた。

「ごめんなさい瑞稀さん……！」

あたしがあなたの息子を刺した。

決めきれなくて、中途半端で、そのせいで。あたしが。

唇を戦慄《わなな》かせる莉音の前で、ことの次第を理解したらしい瑞稀の顔から表情が消える。

「莉音ちゃん、今すぐ家を出て」

「はい……ごめんなさい……」

「そうじゃない。すぐに救急車と警察を呼ぶから、逃げなさい。お金がないなら、これも持って」

口早に告げると、瑞稀は肩にかけっぱなしだったカバンから財布を抜き取り、そのまま莉音に押し付ける。

何を言っているのか、と莉音は首を振った。

「え……だって、直人はあたしが……」

「いいから早く！　ここはわたしに任せてくれたらいいから、その子を連れてここから離れなさい！」

瑞稀が声を荒らげるところなんて、初めて見た。

そのあまりの形相と迫力に、莉音は数歩踏みこたえる。

「瑞稀さん、……ごめんなさい……！」

何かを考える暇はなかった。

急《せ》き立てられるように、莉音はちーちゃんを抱えたまま玄関に走る。毛布で赤ん坊を包んで財布を握りしめたまま、つっかけた靴の踵を踏みっぱなしに、ドアからまろびでた。

明け方の空気は、シンと冷えて肌寒い。

「……直人が、悪かったわねぇ」

駆け出したその背から、いつも通りの穏やかさを帯びたかすかな声が追いかけてきた気がしたが、莉音には振り返ることができなかった。

7

イライラする。

千夏子は慣れない感情の渦にため息をついた。これはそう、確かに苛立《いらだ》ちだ。いつの間にか、殺すことを覚えていたもの。苛立ちを覚えないよう、できるだけ穏やかな気持ちで過ごそうと思い始めたのはいつからだろうか。社会人になった時か。それとも、仁と結婚した時か。だから、こんなに心に荒波が立つのは久しぶりだ。けれど、何にこんなにイラついているのか、千夏子自身にもいまいち良くわからないのである。

——償いたいなら、あなたの二週間を私にちょうだい。

そういう名目で千夏子が茗と暮らし始めてから、もう、約束の二週間が経とうとしている。

架空の出産予定日になったら、一人で死ぬ。そういうつもりだった。けれど、ここにきて決心が揺らいでいる。

原因ははっきりしないが、原因の原因、とでも呼ぶべき間接的な存在はある。

他でもない。——茗だ。


『自己責任』

その言葉は、千夏子にとってごく当たり前で、常識的なものだった。いい大人なのだ。自分の面倒は自分で見るのが当たり前。自分に対してはもちろん、他人についても、そうできない人間というものを、少なからず蔑んできた気がする。

誰かとお付き合いして、モラルハラスメントを働く相手だったら、「見る目がなかったから」自己責任。結婚して、相手にDVをされても同じく自己責任。妊娠出産、育児も全て「あなたが好きで子供を作ったんでしょう?」……。

他人様に迷惑をかけずに生きなさい、と両親に教えられて育った千夏子にとって、それらは自らに課すのと同時に万人が平等に負うべき事項だった。マスメディアで、SNSで、自らの責任を放棄した人々が叩かれるのを当然だと見做《みな》してきた。コインロッカーに我が子を産み捨てるなんてもってのほかで、一生許され得るべきではない。誹謗《ひぼう》中傷は自ら蒔《ま》いた種が呼び寄せたもので、なんなら自死を選ぶまで徹底的に追い詰められてしかるべきだ、などと。

それは正しかったのか。

いや、一種正しくはあるのかも知れない。少なくともかつての千夏子にとっては。でも、今はどうだろうか……。そんなことを、延々と考えてしまう。

なぜなら一緒に暮らし始めた茗は、千夏子にとって、あまりに普通すぎたのだ。

客観的に見れば、己の夫を寝取るという最低最悪の不貞行為を働き、その上に、避妊もせずにできた子供を遺棄した。憎んでも憎みきれないほどの極悪人のはず。いや、実際にとんでもない性悪でいてくれた方が、遠慮なく憎めて良かったのかもしれない。茗はそうではなかった。決して聖女のごとき善人ではない。どこにでもいる年若い女の子だ。ただ、著しく自己肯定力が低く、卑屈で、臆病だった。そして、驚くほどに素直でもある。

『このシチュー美味しい！　千夏子さん、すごく美味しいです！　こんなに美味しいの初めて食べた……』

『洗濯とか掃除とか、お手伝いほんとにしなくて大丈夫ですか』

『母乳パッドなんて、必要なのは私なのに。いつもすみません……じゃなくて、ありがとうございます』

茗は千夏子が何くれと世話を焼くたびにひどく狼狽《ろうばい》し、恐縮もし、そして感謝してくれた。初めて料理を出してやった時に、メニューを赤魚の西京焼にしたのは特に意図があってのことではない。けれど、作ってしまって、テーブルに並べてからどうしても思い出した。

――俺、もう少し甘めのが好き。

いつの間にか食事を作っても褒めてくれなくなった仁のことを。いや、仁はひょっとしたら、料理にこんなに喜んでくれたことはなかったかも知れない。茗は涙を流しながら食べていた。おかわりをするか聞いてみたら、真っ赤になった目を手の甲で拭いながら、コクコクと幾度も頷いた。

その瞬間、千夏子の中で、何かがまた、すうっと癒される心地がした。

(娘って言うには、ちょっと年齢が近すぎるけれど……でも、子供にご飯を食べさせる時って、こんな感じなのかしら、なんて)

いなくなってしまった「ちいちゃん」を悼《いた》む日記をつけ始めた時にも、ちょっとだけこころの痛みが消えたものだけれど。茗に食事を作って、喜ばれ、お礼を言われるたびに、子宮の中に吹き荒れる嵐の音が、また少し小さくなる。がらんどうになって、冷え切っていたそこに、温かいものが満ちる。それが何かは、いわく言いがたく、はっきりと言葉にする方法はわからないけれど。

とはいえ茗がしたことを許せるかといえば、――やはり、それは許せない、と言わざるを得ない。

でも、彼女が。それこそ、その命をかけて償うほどの悪人かといえば、千夏子にはそうは思えないのだ。

ここに来た初日に、茗に「どうすれば、あなたと、あの子に償えますか」と尋ねられた時、「知らない」と答えたのは、皮肉でも突き放すでもなく、単純に本心だった。

子供をコインロッカーに遺棄したことについては、もちろん義憤はある。物申したいことも、山盛りにある。けれどそれは所詮「義憤」なのだ。茗を罰するのは、ここが日本である以上は司法であるべきであって、千夏子が彼女を裁く要素はない。あるいは、――彼女を許してはいけないと声高に叫べるのは、捨てられた当の赤ちゃんだけであって、千夏子はやはり、傍観者でしかないのだ。

「どうして、千夏子さんは私を助けてくれたんですか？」

料理を作り、他の家事もこなし、甲斐甲斐《かいがい》しく何くれと世話を焼いてやると、当然ながら、茗には折に触れこう尋ねられたが、千夏子は答えることができなかった。

（そう……私はそもそも、どうしてこの人を拾ったんだろう。そんな義理ないどころか、あるのは恨みくらいのものなのに……）

まず、当時の自分が何をしたかったのか、それがわからない。「仁みたいに下心がなくても幸せになれると証明したかった」なんて、大口をたたいたけれど。不思議と、死の道連れにしてやろうと思ったことは一度もなかった。なぜ、彼女を助けようと思ったのか。命を絶つまでの、たった二週間。やりたいこと、やり残したことが全くないわけでもない。それこそ海外にでも行って、何もかも忘れて過ごせばいいのに。どうして、傷に寄り添い、自らを追い込むようなことを……。

(憎いかと言われれば、二週間前は確かに憎かったかも知れない)

(今はそれもわからない)

一人リビングでコーヒーを飲みながら、千夏子は迷いつつ、ノートを開いた。ちいちゃんに向けた、母子手帳に擬したあの日記をつけるために。

『ちいちゃん。今日、お母さんは……』

そこから一行も言葉が出ない。

(私は……)

綴るべき文章が浮かばないまま、千夏子はペンを机に置き、パタンとノートを閉じた。

＊

そしてとうとう、ちいちゃんがお腹にいれば、四十一週目の朝がきた。

なぜか妙に目が冴《さ》えてしまい、千夏子は、夜明けとともに布団を出た。洋室のベッドは茗が使っているので、千夏子はいつも和室に布団を敷いて就寝している。布団を片付けてしまってから、干すのに良さそうな天気だな、とふと思った。なにせよく晴れている。まだ夜の藍色がほのかに残るグラデーションの空は、スカッと澄み渡り、ポツポツと申し訳程度の綿雲を浮かせる。その雲も、薄紫の暁色《ぎょうしょく》に染まっているのだ。

(綺麗)

窓越しに空を見上げながら、千夏子は純粋に感嘆した。都会の喧騒から離れた郊外の、どこまでも続く晴れた空。ただ、綺麗だ。

(今日が来たら、どうしようって、……ずっと考えていた)

飲み残した睡眠導入剤は、全て手元にある。一気に飲めば、おそらく本懐は果たせるだろう。

二週間前に、家を出たときは。迷いなんて何もないと思っていた。

今は迷っている。

なぜ、死にたいのか。なのになぜ、すぐに死ねないのか。

なぜ、茗を助けたのか。茗に抱く感情がなんなのか。何一つ分からずに、千夏子は迷いの中にある。

朝食は、ご飯かパンかで一瞬考えたけれど、結局、土鍋で炊いた白米が食べたくなってご飯にした。このリゾートマンションのキッチンは、食器や調理器具の品揃えが異様に良くて、なかなか使い勝手がいいのだ。茗と一緒に鍋を囲んだこともあった。

吸水もそこそこに、丸麦を混ぜた米を火にかける。湯気が立ってぐらぐらと蓋が動き始めたら、弱火に緩めた。安物の置き時計を横目に、買い置きの卵でだし巻き卵を作り、フライパンで鯵《あじ》の一夜干しを焼き、乾燥花麩《はなふ》とほうれん草と白ネギの味噌汁を作った。昆布と鰹節《かつおぶし》で丁寧に取った出汁の匂いが、ふわりとキッチンに満ちる。

（この食材の揃いっぷり、使い切りもせずに。今日死ぬのにどうするつもりだったのかしら、我ながら）

呆れつつも、朝食を作り終えた鍋類を片付けながら、千夏子はため息をつく。そして、食材の心配なんて心底どうでもいいことを考えている現状が、余計に珍妙に感じられて、今度はおかしくなった。

「いい匂い……」

――ふと。人の気配がして顔を上げると、ダイニングキッチンの入口に茗が立っていた。眠そうに目をこする仕草や、寝癖のついた髪が、二十三という年齢の幼さを際立たせている。

「おはようございます、千夏子さん……すみません、私ってば寝っぱなしで、何もお手伝いしてなくて」

「いいのよ。むしろ、もうちょっとゆっくり休んでいたら？　起こして悪かったわね」

「いえ、お皿洗いは任せてください」

（こういうところ、なのよね。この子を憎めないのは）

何が、と言うわけではないが。千夏子は苦笑しつつ、茗に「冷めないうちに食べちゃいましょ」と誘いかけた。茗は素直に頷き、すぐに出来上がった料理をテーブルに運んでくれる。

（仁はこういう時、さっさと座りっぱなしだっけ……まあ、いいんだけど、そんなことは）

そういえば、この二週間の間に、仁のことはすっかり頭に浮かばなくなってしまった。

――どうでもいいのだ。

仁に復讐をしたかったわけでもない。

自分が死んだら多少は後悔してくれるだろうか、なんて甘っちょろい腹は、茗を拾ってからすぐに消えてしまった。なぜならあの男には、わざわざ命の責任を負わせるほどの価値もない。

（あんなしょうもないヤツに、私とこの子、二人も不幸にさせられるなんてことがあっちゃならない）

仁は関係ない。

だからこそ余計に。茗をどうしたいのか、分からなくなってくる。

「！　ご飯が土鍋に入ってる……！　しかもツヤツヤしてる！　すごい、お鍋でご飯って炊けるんですね」

テーブルの上の土鍋の蓋を開けた茗が目を丸くしているので、思わず千夏子は噴き出した。

「炊けるんですねって。炊飯器なんてなかった昔は、どうやって炊いてたと思うの」

「えっと……お釜、とか……？」

「お釜でいけるなら鍋もできるでしょ」

「あ、そっか」

雑談をしているうちに食器も整え終わり、湯気を立てる朝食を前に二人で手を合わせた。

「どうぞ、召し上がれ」

「……いただきます。いつもありがとうございます」

丁寧に挨拶するなり、茗は真っ先に箸を伸ばして麦飯を口に運ぶ。よほど土鍋ご飯が気になっていたらしい。

「美味しい！」

途端に、ぱあっと瞳を輝かせて茗は声を上げた。

「すっごく美味しい！　千夏子さん、美味しいです！」

「そう。よかった。だし巻き卵いる？　お味噌汁も、お出汁から取ってるから美味しいわよ」

「はい！　食べたいです！」

茗は、次々と料理を口に運んでは、「美味しい」と全てに感動してくれた。二週間経っても、千夏子が食事を用意するたびに大喜びする。顔いっぱいに「美味しそう」と書いてテーブルにつき、食べ終えると「美味しかった」に変わっている。箸の持ち方も微妙に間違っていて、慣れてはいるが食べにくそうだったので、見かねて指導をしてやると「できた！」と嬉しそうにしていた。それから、いつも頑張って教えられた持ち方を心がけているのが微笑ましい。

しかし、常ならば幸せそうに食べるだけの茗だが、今日は少しだけ様子が違った。

「千夏子さん、今日。二週間……ですね」

食べているうちに、だんだん表情を暗く沈ませていった茗は、やがて箸を置き、こんなことを口走った。

「え？」

「ええと、その……今日で、約束の二週間が経つな、って……」

ぽそぽそと呟き、そのまま俯いてしまう茗に、千夏子は返答に困った。

「正直……どうしてあなたが私を助けてくれたのか、今でも全然分からないんです」

やがて茗は顔を上げずに、そんな言葉を続けた。

「でも、千夏子さんの作ってくれたご飯は美味しくて……全部美味しくて、こんな美味しいの、この世にあるんだって思って。お日様の匂いのするように布団を干してもらったのも、家の中が綺麗なのも、初めてで……」

初めてだから、もっと分からないんです、と。茗はますます俯く。千夏子からは、つむじと、その膝の上で握り締められて震える拳しか見えない。

「幸せな家ってのがあるなら、こんな感じなのかなって、思いました」

「……そう」

「でも、ダメなんです。私は千夏子さんにすごくひどいことをしたのに。償いたいって気持ちは、ずっと同じなんです。でも今は、それだけじゃなくて……私は、……千夏子さんのために、何かできることがあるならって……」

苦しい。

千夏子は胸を押さえた。

やがて顔を上げた茗の眼差しは、真《ま》っ直《す》ぐなものだった。寄せてくれる好意的な気持ちがありがたく、同時にひどく息苦しい。呼吸が詰まる。これはなんだ。この感情は。

「教えてください。あなたに助けてもらったんです。私は千夏子さんのために、何ができますか」

(私は……)

そんなことを言わせようと思ったわけではない。

「私は助けてない」

冷ややかな声が、とっさに口から転がり出た。

茗が目を瞠っている。驚かせている、傷つけるかもしれないとわかっているが、止まらなかった。

「やめてよ。私はあなたなんか助けてないわ」

「千夏子さん……?」

怪訝そうな茗に、千夏子はゆるゆる首を振り、なおも続けた。

「私は、……違うの。あなたを助けたかったんじゃないの」

そして、やっとそこで。二週間前、茗を拾った自分が何をしたかったのか、気づいたのだ。ここずっと感じていた苛立ちの正体にも。

「私は、……私が、誰かに助けて欲しかっただけなのよ」

だって、千夏子が見つけた茗は、あまりに哀れだった。

道端に転がって、血まみれで。ズタボロに傷ついて、惨めったらしくて、何もかもが悲しくて。

(私も……自分が惨めだったから、見捨てられなかったんだ)

流産のショックで自失しているうちに一瞬で信頼をそこない、実績が途絶えてしまうようなシナリオライターの仕事を選んだのは、自己責任。

仁という、生涯の伴侶として失望するような相手といっしょになってしまったのも、自己責任。大人だから、自分で自分の尻拭いはしなくては。

時間とともに心の傷が癒えればいいのに、いつまでもグジグジと思い悩んで苦しんだまま。誰にも助けてもらえないと思っていたし、誰も助けてくれるはずがないと思っていた。心の相談を司《つかさど》るような、然るべき機関の電話番号へは、恐ろしくてかけられなかった。そこで突き放されたら、今かろうじて保っている最後の一線が、プツンと途切れてしまう気がしていた。辛くて、痛くて、苦しくて悲しくて、息ができない。陸地にいるのに溺れているようだった。光を目指そうにも見上げた水面ははるか上で。

点《とも》してもらえるだけで御の字、ろうそく一本分の灯りくらいで構わない。手を差し伸べてとまでは言わない、細い釣り糸で構わない。闇の中に誰か一筋、そんなものを垂れてくれたら。一人で苦しまなくていいよと言ってくれたら。

でも、誰にそれを求めたらいいのかも、わからなかった。

今、救おうとしているのは、茗ではない。

過去の己だ。

暗く冷たい「自己責任」の水底で、たった一人でもがくしかなかった、あの時の自分に、光をくれてやりたかったのだ。そんなことできっこないから、無駄なことをしているのいる自覚があるから、ずっと——馬鹿な自分に無意識にイラ立っていた。

「あなたを通して、私は私を憐んでいただけよ。あなたに感謝なんかされたくないわ！」

大声で怒鳴ったあと。

目を見開いたまま呆然としている茗を見て、千夏子は我にかえった。

「ごめんなさい……ちょっと、頭を冷やさせて」

額を押さえ、千夏子はふらりと席を立つ。

「あの、一緒に」

「一人にしてくれる？　……すぐに戻るから」

ついてこようとする茗を遮り、千夏子はそのままダイニングを後にした。

玄関に置いたキャリーのポケットから、処方された睡眠導入剤の残りが全て入った白い紙袋を取り出す。薬と車のキー、日記帳、財布だけをトートに放り込み、靴を突っ掛けるようにして、千夏子は外にまろびでた。

眩しい。

晴れた空の青さが、網膜を焼くようだ。

ふらふらと駐車場に向かい、千夏子はレンタカーに乗り込んだ。キーを差し込むと、エンジンが唸りをあげる。

緑の並木道は、忌々しいほど清々《すがすが》しい朝の空気に満ちている。

(どこでもいい。とにかくここから離れよう)

茗は何ごとだと思っていることだろう。いきなり怒鳴りつけたりして悪いことをした。

驚いた顔が頭から離れない。

車で山道を抜けると、温泉街に出る。その先は田園地帯だ。

運転しながらポケットに手を伸ばし、中の睡眠導入剤の感触を確かめる。

早くどこかでこれを飲んでしまわないと、という思いと、今死んでどうするんだという思いが混在している。少なくとも、急に出て行った自分のことを、茗は心配しながら待っていることだろう。ほとんど室内で過ごしている茗とは連絡先の交換なんてしていないし、そもそもスマホは二週間前から電源を切ったままだ。千夏子は唇を噛んだ。

あらかじめ遺書くらいしたためておくんだった、などと詮ない後悔もしてみる。千夏子がつけている記録なんて、とっさに持ってきてしまった「ちいちゃん」の架空母子手帳だけ。花柄の表紙の可愛らしいノートは、今、助手席に投げ出されて所在なげにしている。

(ほんと、みっともない。何をやっているんだろう、私は)

行き先も決まらないまま、車はスピードを上げた。無意識のうちに、来た時と逆の道を辿っている。田園風景はいつの間にか途切れ、見慣れた灰色の都会が外に広がっていた。

戻ってどうするのだ、と千夏子は自問した。このままでは、見知った街に着いてしまう。帰ってもいいことなんて一つもない、捨ててきた過去に。どうせ死ぬなら、もっと知らない場所がいいのに。誰も知らないようなところがいいのに……。

(とりあえず、どこかにいったん入ってから行き先を決めなきゃ)

ため息をついて表通りを外れて裏道に入り、コインパーキングの黄色い看板を探していた時だ。

——そこで。

「⁉」

千夏子は悲鳴を飲み込み、ブレーキを踏んだ。

車道と歩道の境目をまたぎ、人が倒れていたのだ。

もう少しで轢《ひ》き潰すところだった。慌ててドアを開け、千夏子はその人に駆け寄った。

「大丈夫ですか⁉」

倒れているのは、どうも女性らしい。派手な金色に染めた髪に、脚をむき出しにした部屋着のような格好。腕には何か大きなものをしっかりと包み込んでいる。

傍らにしゃがみこんで肩を叩くと、彼女はもぞもぞと身動きし、顔を埋《うず》めるように腕の中のそれを抱え直した。はて、と千夏子は首を傾げる。よほど大事そうだ。何だろうか、布にくるまれたもののようだけれど。

「ほあ……」

不意に。

女性の抱えていた荷物が声を上げたので、千夏子はギョッと身を引く。

「あう、あぶ……」

そのまま、包みからにゅっと小さな手が突き出て、パタパタと動くもので。千夏子は

尻餅をつきそうになった。

「あ、赤ちゃん……⁉」

千夏子の声で気が付いたように、赤ん坊を抱いていた女性は身じろぎすると、薄目を

開け、ゆっくりと首だけもたげた。

まるで死人のような顔色だ。土気色の肌に、青紫になった唇。けれど、年齢はまだ若

い。いっそ少女と言っても過言ではない年齢である。

「すみません、この子……」

やがて女性は、カスカスと吐息に紛れそうな声を発した。

「この子に、ミルク……」

それだけ呟くと、再び目を閉じてしまう。ごと、と再び頭がアスファルトにぶつかり、

鈍い音を立てた。

「……どうするの、これは」

見るからに『訳あり』の少女に、千夏子は呆気にとられて呟く。

しかし、もっとどうしようもないのは、『訳あり』を拾うのはこれが初めてではないということだった。

＊

また、わけのわからないことになった。ハンドルを握りながら、千夏子は肺から空気をこそぎ取るほど深いため息をつく。

死に場所を求めて一人ドライブしていたはずが。いつの間にか、赤ちゃん連れの女の子を乗せて、ひとまず落ち着けそうな場所を探している。

（コインパーキング、なかなか見つからないし……それに駐車するならあまり目立たないところの方がいい、わよね……？）

後部座席に横たえた彼女は、本格的に気を失ったようで、ピクリとも動かない。ぐったりと弛緩《しかん》し切った体は重く、車に乗り込ませるのは随分と苦労したものだ。しかし、腕の中の赤ちゃんだけはしっかりと抱きしめて放そうとしなかった。要するに、赤ちゃんも一緒に後部座席に転がっている。今は眠っているのか、泣き声がないのが少し心配ではある。

「本当……どうしたものかしら、これは」

8

人間の体は水でできている。

莉音は回想する。居眠りばかりしていた中学の授業で、奇跡的に起きていた時に、確か理科の教師がそんなことを言っていた。

なんでも、成人男性で六、七割程度もが、血やらその他の体液やらの水分らしい。

「だからまあ人間ってのは、パスカルのいうような考える葦《あし》じゃなくて、むしろ考える水袋な訳だな」というのがその雑談の面白くもない締めくくりだったが、なんとなく印象に残っていた。誰だよパスカル、という疑問も放置したままである。

どうしてそんなことを唐突に思い出したかといえば、――直人を刺した時に、ああ、本当に人間ってのは水なんだと実感したからだ。手の中に残る嫌な感触、ズブズブと刃物が沈み込む生々しいそれは、きっとこの先一生、付き纏《まと》う。

(直人、助かったのかな。それで瑞稀さんは……どうなったんだろ……)

腕にちーちゃんを抱えたまま、明け方の街に彷徨い出たものの、莉音は途方に暮れていた。

直人を刺して、そのまま家を飛び出してきた。格好は部屋着のジャージ。持ち物は、瑞稀さんに渡された財布と、自分の普段使いのバッグ。それだけだ。刃物を引き抜かなかったせいか、返り血はほぼ浴びていないのが幸いだった。

(これからどうしたらいい?)

毛布でできつくくるんだちーちゃんを抱え直し、莉音はため息をつく。足は気付けば、通い慣れた繁華街に向かっていた。

朝日に包まれた繁華街は、ネットカフェや居酒屋、バーやラブホテルが燦然《さんぜん》とイルミネーションをともしていた夜間と違い、シンとした静けさが身にしみるほどだった。ほとんど人の入っていないコンビニ、明かりの消えた突き出し看板や、道端に転がる酔客の捨てたと思《おぼ》しきビニールのコンビニ袋などが、どことなく哀愁を漂わせ、街そのものが眠りに落ちたことを知らせてくるようだ。

けれど、まばらに人通りはある。みんな、疲れ切った顔で赤ん坊を抱えて歩く莉音に不思議そうな顔をするだけで、声はかけてこない。

(どこに行けばいい? 頼るところが、ない)

ちーちゃんが生まれた、古巣のバイト先であるネットカフェの前も通り過ぎる。どう考えても赤ん坊を連れて入る場所ではないし、店長にあれこれ詮索されても困る。

薄紫からコバルトブルーに変わるグラデーションに染まった明け方の空は、いやになるくらい美しい。清浄に澄み渡る朝の空気はこんなに清々しくて、街はこんなに何事もなく、普段通りなのに。いや、異物は莉音なのだ。こんなに建物があって、その中の一つ一つに人の営みがあるのに。莉音とちーちゃんだけが場違いで、どこにも行くあてがない。

ちーちゃんは泣き疲れたのか、すうすうと寝息を立てているが、もしも直人に落とされて踏みつけられたせいで、どこか悪くしていたのだったらどうしよう……。莉音は不安になった。けれど、医者に診せることはできない。助けてくれたあの医者だって、直人を刺した家のすぐそばなのだ。

逃げ出したはいいけれど。逃げてどうするのか、どこへ行けばいいのか。何一つ。わからない。

「はあ……」

歩き通しのせいで、足が棒のようだ。ガードレールの一つに寄りかかると、そのまま膝から力が抜ける。莉音はその場にへたり込んだ。

膝の上で、ちーちゃんを包んだ毛布を少しめくり、目を閉じたその顔を眺め下ろす。長いまつげ。朝の冷気で少しだけ赤くなった、ふっくりしたほっぺ。指先で突《つっ》いてやると、ムニュムニュと口を動かす。口元に近づければ、あのキューテッツ反射を見せてくれるのだろう。

へたり込んだまま、ぼんやりと通りすぎていく人影を見守る。土地柄、朝まで飲んでいたサラリーマンや、接客業の仕事終わりと思しき若い女性などだが、誰もこちらを見ようともしない。ともすると気づきもしない。

(この子やあたしと、他の人たち。何が違うんだろう)

どうしたら「普通」になれたのだろうか。どうしたら……。

——莉音ちゃん。

瑞稀さんの笑顔が、急に懐かしくなった。さっき別れたばかりなのに。生まれて初めて居場所を与えてくれた人。その恩を、莉音は仇《あだ》で返した。彼女の息子を傷つけるという最悪の形で。

(誰かに助けを求めようなんて、思っちゃいけなかったんだろうか)

(けど、それでもあたしはこの子の手を離したくない)

(誰にも助けてもらっちゃいけなくても。あたしは、あたしはこの子を助けたい。それならどうしたらよかったの)

ちーちゃんが、ぱっちりと目を開けた。慣れない外気にキョトンとし、すぐに顔をくしゃくしゃにする。

（あ、泣く……）

「ほああ、ほぎゃあ、ほああ……」

（おむつが濡れてる？　タイミング的にミルク？　でも）

どっちも、持っていない。

（買いに、……）

こんなところでへたり込んでいる場合ではない。立て、立って歩け、そう理性は訴えかけるのに。なんだかもう、指一本動かせそうにない。帰る場所も、あてもなく歩き続けるのが、こんなに辛くてしんどいなんて。本当に、ひどく疲れてしまった……。

泣きじゃくるちーちゃんをぎゅうっと抱きしめてかたく目を瞑ったところで、近くに車が止まるブレーキ音がした。ついで、ドアの開閉音、誰かが駆け寄ってくる足音。

「ちょっと、あなた大丈夫⁉」

女性の声で尋ねかけられ、肩を摑まれる。ああ、助かった。助けてくれる人がいた。見て見ぬふりじゃなく。ちゃんと、莉音とちーちゃんを見つけてくれる人が。

ありがとうございます、とか。助けてください、とか。色々、言うべきことはあるはずなのに。とっさに口をついて出たのは別の言葉だった。

「すみません、この子に、ミルク……」

それだけ言ったところで、プツンと莉音の緊張の糸が途切れる。

そこから先の記憶は暗転している。

＊

暗く閉ざされた視界の向こうに、遠い昔の夢を見た。

『リオンちゃんはお母さんやお父さんがいないのね。変なの。カワイソー！』

児童養護施設で出会った仲間の一人は、莉音を指差してゲラゲラ笑った。一時保護だか何とかで、すぐにいなくなってしまった、頭の高い位置で髪の毛をふたつにゆわえた女の子。名前も覚えていないあの子も、今から思えば何か事情があって保護されていたのだろうが、幼い自分には知ったことではなかった。カッと逆上した勢いのまま、すかさずその子の髪を引っ張って殴りかかると、悲鳴を聞いた職員が飛んできて。莉音は一方的に悪者にされ、しつけと称して叩かれた。

（あの子は叱られなかった。頬を張られなかった）

（親がいるからだ）

（あたしにはいない。あたしのことは、誰も守ってなんかくれない）

あたしは孤独だ。あたしは一人で生きていかなくちゃいけない。助けなんか求めちゃいけない。あたしは、あたしはあたしは。

——ねえ。

悪夢の中で、誰かが耳元で話しかけてきた気がした。ああ、うるさい。

「ねえ、しっかりして！」

不意に激しく肩を揺さぶられて、莉音は意識を急浮上させた。

（あれ？　そうだ、あたし……直人を刺して、家から逃げて、それから、……それから……どうした？）

記憶がない。

何よりもわけが分からないのは、目の前に見知らぬ女性がいることだ。

（！　ちーちゃん）

はっと腕の中を見ると、赤ん坊はちゃんとそこにいた。足が毛布を蹴りのけてしまっていたけれど、大きな目をぱっちりと開けてこちらを見ている。生きている。

そのことにホッとすると、急に自分の置かれた環境が気になり始めた。

（ここ、車の中？）

身を起こすと、胸の上からかけられていたらしいジャケットらしきものがパサリと落ちる。軽自動車かなにかの後部座席に、子供を抱えたまま寝かされていたらしいと判明し、莉音は目を瞬いた。

「あの、あたし……」

運転席から身を乗り出すようにしてこちらを覗き込んでいる女性は、三十代の半ばのように見えた。ハーフアップにまとめた髪や、きちんとした身なりから、どこかの会社員だろうか……とぼんやり思う。

「あなた、道端で倒れていたの。気分は悪くない？　このまま病院に連れて行くべきか迷っていたのよ。それとも家に送った方がいい？」

ハキハキした調子で告げられ、莉音はしばし黙り込む。

「家は……」

帰れない。

（第一、あたしの家ってどこになるんだ）

飛び出してきた児童養護施設か。それとも、居心地の良かった瑞稀のもとか。

その先を言いよどむ莉音に、女性は少し何かを考えるような仕草をしたのち、こう言った。

「それともあなたも、……警察には知らせないで、って言ったりするの？」

「え⁉」

自らの行いを見透かされたのかとギョッとする莉音の反応を見て、女性は眉間を軽く押さえた。

「ああ、やっぱりまた訳ありなのね。ごめんなさい、なんのことだと思うかもしれないけれど。……これで二件目なのよ、人間の拾い物」

唸るように告げたあと、深く嘆息する彼女に、莉音は「？　は、……はあ……」とあっけに取られつつ頷いた。

*

「赤ちゃんにミルクをあげて、って言ったきり気絶しちゃったの、あなた。……あ、とりあえずそろそろ車出さなきゃ。この車はベビーシートつけていないから、あなたがシートベルトをつけて、できるだけしっかり赤ちゃんを抱いていてね」

「え、あ、はい」

助けてくれた謎の女性は「上原千夏子」と名乗った。当然、なんの面識もない相手だ。

自分も「下野莉音……です」と名前を告げ返した後、やはり先が続かなくて視線を彷徨わせる莉音に、千夏子なる人物は「で」と切り出した。

「下野さん、あなた行くあてはあるの？」

「？」

「赤ちゃんを抱いて早朝の繁華街で倒れているって、誰が見ても尋常じゃない事態よ。ひょっとして、どこかから逃げてきたり、どこにも帰れなかったりしない……？」

「それ聞いて、どうするんすか」

とっさに警戒が先にきて、ピリリとした声で莉音は切り返した。

（どうせ誰も助けてくれない）

今まで莉音にとって親身になってくれた人は、瑞稀だけだ。他の誰も、手を差し伸べてはくれなかった。それはそうだと思う。人間、自分のことで誰しも手一杯なのだ。莉音だって例外ではない。どうせ一人で生きていかなければならないから、中途半端に興味本位で詮索されたくはなかった。

しかし。

「うちに来たら？　って言おうとしたの」

ひどくあっけらかんと、千夏子は言ってのけた。

「ええ⁉」

これには流石に莉音も驚いた。

「な、なに言ってるんだよ⁉　あたし、そこに倒れてた得体の知れないやつで、変なビョーキとか持ってるかもだし、赤ん坊連れであからさまに怪しくて……それで……」

「そうね、あからさまに怪しい訳ありだから誘ったの」

モゴモゴと言い募る莉音に、千夏子は眉を顰めた。

「私にはどうもしないこともできるけど、あなたのほうはどうにかして欲しいんじゃないかと思ったから。言ったでしょ、訳ありを拾うのはあなたで二件目だって」

とりあえずその子にミルクもあげないといけないいんじゃないの？　と赤ん坊を指さす千夏子に、莉音はおっかなびっくり、頷いた。毛布の向こうのおむつもじっとりと重くなっていたので、気がかりだったのだ。


薬局でいつも使っている銘柄のおむつやミルクを買ってから、車は郊外に進む。

莉音は事情を何も話さなかったし、千夏子も聞かなかった。ちーちゃんも寝付いてしまい、狭い車内には沈黙ばかりが横たわっている。車窓の向こうに流れる風景が、都会の灰色のビル街から田園に変わった頃、ずいぶん長い距離をドライブしてきたんだな、と莉音は不思議に思った。

（たまたま通りすがった会社員って感じでもなさそうになってきたし……この人はこの人で、何ものなんだろう）

「そういえば、下野さん」

「うわっ、はい！　なんすか！」

ぼんやりとバックミラーに映る千夏子の顔を後ろから眺めていた莉音は、急に話しかけられて身をすくませた。

「哺乳瓶と赤ちゃんの服はあるから、そのあたりは心配しなくて大丈夫」

「へ？　は、はあ……」

（この人にも同じくらいの子供がいるってこと？）

それなら余計に、こんな見るからに訳ありの、衛生的とも限らない女と赤ん坊を連れて帰ってはまずいのでは、……と我がことながら心配になり始めた時。とある大きなマンションの前で、車は止まった。

「こっちよ」

駐車場に車を置いて——プレートが「わ」ナンバーだからレンタカーだと、莉音はこの時初めて気がついた——導かれるままエレベーターに乗り、古めかしいマンションの廊下を歩く。ふらふらして足元がおぼつかない莉音に代わり、おっかなびっくりながら、千夏子がちーちゃんを抱いてくれる。

「赤ちゃん、……可愛いわね」

腕の中のちーちゃんを見下ろしながら、ふと、千夏子はどこか痛みを堪えるような顔をした。「？」と莉音は首を傾げる。その表情は、切ないような、苦しいような、優しいような——どうとも表しがたい種類のものだったのだ。

それにしても。

「ここが、家……？」

「仮住まいのね。何せ二週間前に借りたばかりのリゾートマンションだから」

古びているけど、入ったことがないような豪勢な所だな、とキョロキョロ周囲を見渡す莉音に、千夏子は不思議なことを言う。

「同居人がいるから、まず赤ちゃんの着替えとミルクを済ませてからお互いを紹介しないと……」

取り出した鍵を玄関ドアに差し込んだ途端、バタバタ、と内側から大きな音がして、ガチャリと勝手に戸が開く。

「千夏子さん！　無事で良かったです、いきなり出て行っちゃうからどうしたらいいかと……！」

そこからまろび出てきた女性に、莉音は目を丸くする。

見覚えがある。それも、ものすごく。

（あの、ネカフェ難民のお姉さん……ってことは！）

――ちーちゃんの、生みの親。

相手も莉音を見て、同じくまんまるに目を見開いた。

「あーっ⁉」

声を上げるのは、二人同時だった。

お互いを指さしたまま口を半開きにして二の句が継げなくなった莉音と、もう一人の女性の顔を見比べながら、千夏子だけが「え？　知り合い……？」と戸惑っていた。

＊

リゾートマンションの室内に、三人の女が集まっている。

一人は、夫に浮気され、待ち望んだ彼との子を流産し、死にに来た女。

次の一人は、その夫の浮気相手で、彼との子供を人知れず孕って出産し、コインロッカーに捨てた女。

そして最後の一人は、捨てられた子供をこっそりと拾って育てていた女。

「そんな偶然ってある……？」

状況を理解して、千夏子は額を手のひらで覆った。

(あるも何も、現状がそうなっているわけなんだけど……)

おまけに、二週間前に駅前のコインロッカーまで探しに行った赤ちゃんと、こんなところで出会うことになろうとは。確かに行方はようとして知れず、なんのニュースにもなっていなかったから、警察に見つかったわけではないのかも知れない……と疑ってはいたけれど。まさかこんな若い女の子が見つけて保護してくれていたなんて。

「……落ち着いた？」

ちょっと考え事に逃げたあと、おずおずと千夏子は口を開いた。尋ねた先は莉音だ。

――なぜこんなことを訊いたかといえば、茗の顔を見た瞬間、莉音がクシャクシャと顔を歪めたかと思ったら、前振りもなく殴りかかったからだ。パン、と平手がほおを捉える音が、聞くだけで痛さを感じさせた。

「何やってんだよあんた!」

頬を押さえて呆然とする茗を睨みつけ、怒気を燻《くすぶ》らせて莉音は叫んだ。

「この子をあんな空気もろくに入らないような冷たいところに放りっぱなしで! どんだけこいつが心細かったと思う⁉ ショニューも貰えなくて、お腹空かして泣いてたんだぞ!」

「……ごめんなさい……」

力なく首を垂れる茗に、「謝って済む問題じゃ……」となおも莉音が声を荒らげようとした時だ。

「ほああ、……ほぎゃあ」

起きたらしい赤ん坊が泣き始め、莉音は慌てて腕の中の小さな存在を両腕で抱きかかえた。

「うわ、ごめんな、ちーちゃん!」

(……え)

――ちーちゃん。

莉音の呼んだ名前に、千夏子は一瞬、頭が真っ白になった。

『ちいちゃん』

それは他でもない。千夏子がかつて両親から呼ばれていた名前で。

生まれてくるはずだったお腹の子供に、こっそりとつけていたものだったから。架空の母子手帳で、ずっと呼びかけ続けた……。

「びっくりしたな、ごめん……」

トントンと背中を叩きながら赤ん坊を揺らす莉音に、千夏子はしばし声が出なかったが。

「お腹空いてるって言ってなかった？　その子」

ふと尋ねてみると、莉音は「あ」という顔をする。

「ミルクあげなきゃ。いや、まずはおむつかも、かなり濡れてるから」

手慣れた仕草でおむつを替えてしまうと、莉音は「あの、鍋と湯沸かし貸してもらっても」と千夏子に頼んでくる。「それなら台所に……」と指さしかけた千夏子を、不意に「あの……待ってもらっていいですか」と茗が止めた。

「茗さん？」

「お乳、を」

訝しむ千夏子と莉音に、意を決したように茗は続けた。

「できたら……私のおっぱい、あげてみてもいいですか」

*

ネットカフェのトイレで産んだ我が子と、二週間ぶりの対面を果たして。

茗は不可思議な感慨を持て余している。

（あの時は、ただ恐ろしかったのに）

ネットカフェの「キラキラネーム」のスタッフさんが、まさかの赤ん坊を保護してくれていたことにも驚いたけれど。何よりも、あの時以来に見た子供が、――ちゃんと可愛いと思える。そのことにびっくりしている。

歯のない口も、猿のようにシワシワな濡れた顔も、こびりついた血も、全てが赤くて、とにかく怖くて怖くて。ただ不気味な生き物だった赤ん坊が。

（私は、母親失格の……この子を捨てた女だ）

許されない恋の果てに、勝手に生んで、おまけにコインロッカーに遺棄をした。

それは一生許されるべきではない。でも。

（償わせて、もらえるだろうか……）

許されなくていいから、償うことを止めたくない。今からでもできることがあるなら。

（そうだ）

初乳をもらえもせずに、と莉音の言葉が耳に蘇る。もう、きっとそれには間に合わないけれども。せめて。

「おっぱい……あげてみてもいいですか」

莉音は酢を飲んだような顔をしたが、やがて千夏子と顔を見合わせた。

「ソファに座った方がいいよ。クッション使った方がいいかも」

千夏子が勧めてくれた。茗は頷き、リビングのソファに腰掛けて、恐る恐る服をまくり、硬くなった乳首を小さな口に含ませる。パンパンに張った乳は、このところ搾乳機で吸い出し続けていたが、どんどん量を増すばかりだったのだ。

（――あ）

吸った。

ちゅ、ちゅ……と。初めはいつもの哺乳瓶と違うことに戸惑っていた様子だが、少し押して乳を押し出すと、すぐに思いっきり吸い付いてくる。小さな口が一生懸命にもぐもぐ動き、柔らかなほっぺたが上下した。もみじのような手が、ぺたりと乳房に添えられる。くすぐったいのに、不思議とストンと腑《ふ》に落ちる。ああ、この器官はこのためにあるんだと、体が納得するような、そんないわく言い難い感覚。

「……ごめんね」

謝罪とともに、ポロリと涙が溢れた。申し訳なくて、償いたくて。それは根底にあるけれど。もう一つ、どうしても沸き起こる感情に、茗は思わず吐息を漏らした。蔑ろにした小さな命。このお腹の中で、確かに十月十日をともにしたのに。今度こそ実感した。この子は、私の子供。私がこのお腹を痛めて、産んだのだと。

「ごめんね、でも……ありがとうね……」

こんなにこんなに不甲斐ないお母さんなのに、無事に生まれてきてくれて。

(そっか、私は、お母さんなんだ)

全く実感もないけれど。そう名乗る資格もないほどひどいことをしたけれど、それでもこの子を産んだお母さんは、茗なのだ。

「ありがとうね……」

もう一度だけ呟いて、茗は自らの胸に顔を埋めて懸命に乳を吸うその子の柔らかな髪を、手のひらで包むように抱きしめた。あたたかく柔らかな新生児の体は、うんと小さくて、それでも驚くほどに「人」だった。

＊

「寝ちゃったね」

やがて、乳から口をキュポンと離して小さく寝息を立て始めた赤ん坊を見下ろしながら。千夏子が呟くと、同じく腕の中の赤ん坊に眼差しを注いでいた茗が「……はい」と頷いた。

赤ん坊を、和室の敷布団の上に寝かせた後、ぐう、と盛大に莉音の腹の虫が鳴ったので、「あなたもお腹が空いているのね」と千夏子は苦笑して味付けのりを巻いた塩おすびをいくつも作ってやった。最初は恐縮しつつ固辞しようとした莉音だが、鼻先に皿を近づけると流石に観念したのかぱくつき始め、あっという間に全て平らげてしまう。

それから、赤ちゃんを囲むように、三人でお互いの顔を改めてとっくり見つめ合って。誰からともなく苦笑いした。

「自己紹介とかした方がいいのかな？　下野さん……は、茗ちゃんと面識があったんだよね」

「あっ、あたしも莉音でいいッす、年下だし」

「じゃあ莉音ちゃん。よかったら私のことも名前で千夏子って呼んでね。……ちなみに莉音ちゃんは年齢、いくつなの？」

「十九っす」

「十九……！　若い……」

不惑も見えつつある年齢に突入する千夏子には、十代というだけで目眩がするほどだ。

茗も若いが莉音はさらに輪をかけて若い。もうほとんど自分の年齢の半分ではないか、と密かにショックを受けつつ、年相応に見えない落ち着きぶりも気にかかる。

（私が十九の頃なんて、お気楽な学生身分だったのに……）

「面識っていうほどのものでもないかな。あたしが深夜スタッフで働いてたネカフェにずっと寝泊まりしてる妊婦さんがいるから、めちゃ気になってて。喫煙フロアとかもあるし、赤ちゃんにもお母さんにも環境いいわけないと思って、大丈夫かなって」

「……気にしてくれてたんですね」

気にかけてくれる人、いたんだ。ぽつりと呟く茗に、千夏子は目を伏せた。

「あの、……千夏子さんと茗さんは、どういう知り合いなんすか？」

莉音に尋ねられたので、答えにくそうな茗に代わって、千夏子があっけらかんと告げておいた。

「ああそれね。私の夫とこの子が不倫してて。それで生まれたのが、この赤ちゃん」

「は⁉　ええ⁉　どういうことっすか」

思ったより重たい内容だったのか、莉音が固まる。そりゃそうよね、と千夏子は納得した。自分も逆の立場ならなんの冗談だと思ったことだろう。

「なんで、茗さんのこと助けようと思ったんすか？　……旦那さんを寝取られて、憎い相手じゃないっすか」

「まあ、そうよね。そうなんだけど」

茗が肩身が狭そうにだまり込んでいるので申し訳ないなと思いつつ、それでも千夏子は答えを考えた。今朝、茗には感情的に叫び散らして出てきてしまった。ちゃんと説明しなくてはいけないし、自分の感情とも向き合いたかったのだ。

（でも、それを答える前に……）

「ねえ、逆に莉音ちゃんはどうして、この子を拾おうと思ったの？　警察に届けるんじゃなく……」

「うーん……生きようとしてたから？」

やがて、莉音は言葉を選ぶように眉根を寄せた。

「あたし、自分が児童養護施設育ちで。親の顔も覚えてないのは別にいいとして……まあ場所にもよるんだろうけど、あんまり楽しい思いはしてこなかったし。生まれていきなり施設って、なんかあんまりだなって、少なくともあたしは思っちゃって」

それでかな、と。

訥々《とつとつ》と語る莉音に、千夏子はほう、と息を吐いた。

「さっき呼んでた、ちーちゃんって名前は、どこから？」

「や、別に深い意味とかなくて。ちっこいから、ちーちゃんって。名前はつけるような立場じゃないけど、呼び名くらいはいいかなって」

「そう……」

　頷いた後、千夏子は唇を開いた。

「ごめんなさいね、変なこと聞いて。なんでかっていうと、びっくりしたのよね。実は、私も自分の赤ちゃんにちいちゃんって呼び名をつけていたの。……もう、流産しちゃったんだけどね」

　流産、と言った瞬間、莉音は痛ましそうな顔つきになり、茗はいたたまれない表情になった。気にしないで、と千夏子は苦笑する。

「流産のショックで、引き受けてた大きな仕事もダメになって、キャリアも全部水の泡になっちゃった。時間が経てば平気になるだろうと思ってたし、普通はみんなそういうことは忘れて前を向けるものだと思っていたの。でもそうじゃなかった。結局、私が私のちいちゃんを失った穴は全然埋まらなくて。子宮の中に、冷たくて悲しい風がびゅうびゅう吹き込んでくるみたいだったわ。寒かった、ずっと……」

　空っぽのお腹をさすり、千夏子は唇をキュッと引き結ぶ。

　子供が欲しくて、一人で辛い不妊治療を戦って。やっと授かったはずの子供と一緒に、キャリアをも失って。夫の愛情も――だなんて。

（私の人生ってなんだったんだろう、なんて考えた）

「私、……普通の女になりたかったんです」

次に口を開いたのは茗だった。

「私は、寝床も探せないくらいのゴミ部屋で育って、お母さんの不倫でできた子供だったから父親もいなくて。ど田舎だったから、世間の目みたいなのもすっごく厳しくて。ずっと、申し訳ない申し訳ないって思いながら生きてきました。だから、普通の幸せが欲しかったんです。誰かに、頭を下げていなくてもちゃんと前を向いて生きていられて、自分で自分の家庭を持って……お母さんみたいに、なりたくなかった……」

普通。

その言葉は、千夏子にも痛いほど身に覚えがあった。

子供ができた時。これでやっと「普通」だ。そう思ったのだから。

「でもそれで、自分のやったことって、あの母親と同じだったんです。そのせいで、千夏子さんを不幸にしてしまった……千夏子さんにとって、大事な家庭と旦那さんを」

コインロッカーに子供を捨ててきた後に見た自分の顔は、「一緒に行こう」と包丁を振りかざして無理心中を図ってきた母親と同じだったのだと茗は力なく首を振った。千夏子は目を瞬く。

(それは少し違うかも)

「私は、夫を寝取られた、って思ってないの。不倫って茗ちゃん一人じゃできないでしょ、あの人の意思がないと。あの人の隙に茗ちゃんが入り込んだのとおんなじくらい、あの人だって茗ちゃんの傷につけこんだわけだから。そんな人を運命の相手だと思って、無邪気に愛していると思っていた自分が、なんかばかばかしくて」

復讐したいか、と言われれば。怒りはもちろんあったはずだけれど、なんだか違うと今は思う。

（確かに、家を飛び出した時は、私が死んだら少しは後悔するといいなんて考えたけれど）

――人生の終わりに、恨みながら死ぬのが仁だなんて、すごくちっぽけだなと思うのだ。

「茗ちゃんにとって、仁さんってどんな人だった？」

「あ、はい……話を聞いてくれたり、ご飯奢ってくれたり、優しい人でした」

なんとなく気になって尋ねると、茗はちょっと考え込む風を見せた。

「でも、奥が見えないなってところはありました。奥さんがいるってカミングアウトされたのも、ええと、……そういう関係になってからで」

「あの人、それまでプライベートは全然教えてこなかったの？」

「隠してたわけではない、……って言ってました」

「すごっ、ガキみたいな言い分だね！　何隠してても絶対それだけは言っとけよ、ってジョーホーじゃん⁉」

隣で聞いていた莉音が呆れたような声をあげる。

「しょーもな……千夏子さんの旦那さんなら、けっこーな歳なんでしょ」

歯に衣着せぬ莉音のものいいに噴き出しつつ、「三十五よ」と千夏子が答えると、「おっさんじゃーん！　ダッサ、ありえない」とこれまた素直すぎる応えがある。一応私も同い年なんだけど、とは頭の中だけで付け足しつつ、千夏子は肩をすくめた。

「そうよ、いい歳こいたオッサンなのに、中身は大人ぶったガキなのよ。毎日私の作る食事に文句つけたり、不妊治療は女だけの問題だって話に耳を貸してもくれなかったり。家事を手伝ってくれないばかりか、いきなり会社の同僚を家に連れてきて『すぐに酒と飯の準備頼める？』とか言ってくる男よ。私はあなたの召使じゃないっての。しょうもないでしょ」

――言葉にしていると、なんだか余計にばかばかしくなってきた。

「そんなしょうもないやつの言葉を全部真に受けて、私は流産のことを人に言えなかった……外聞が悪いって、義理の両親にも、会社にも内緒にするってね」

(囚われることは、それだけ脳みそのリソースを相手に割いているってことなんだから)

一番の復讐は忘れること、なのかもしれないと思う。もうこの人生に、あの男のつけ入る隙を与えないこと。そして思いっきり謳歌《おうか》すること。

けれど。

「私は、……私の〝女〟を不幸にしたくない」

口をついて出た言葉には、不思議と自分で納得してしまった。

(そうだ……)

「私が自分の不幸だと嘆いていたものって全部、女の私なんだなって、思ったの。子供を産みたかったのにできなかった自分。やっと念願の子供を授かったのに、家庭を心から幸せだと思えない自分。結婚したのに、心のどこかで『これでキャリアが私だけ途切れる、夫はなんの影響もないのに』なんて思ってしまった自分……。そういうリスクとか、鬱屈とか挫折とかって、なんで私たちだけが背負わないといけないんだろう」

茗も莉音も、遡ればその母親たちだって。家庭を築く幸せ、伴侶を得る幸せ、当たり前の幸せ。その言葉に縛られて生きてきたのかもしれない……。

「……あたし、さっき元カレを刺してきたんだ」

不意に莉音がクシャッと顔を歪めたので、千夏子は茗と顔を見合わせた。

「ちーちゃんを踏んづけたり、乱暴されて、……このままじゃちーちゃんが殺されちゃうって思って。包丁でお腹を、……気づいたら、……。元カレのお母さん……瑞稀さんにすごく良くしてもらって、家に住まわせてもらってたのに。あたし、あたし、……よりによって直人を刺した。瑞稀さんを裏切った」

（人を、……刺してきた、って……？）

突然の、それもあまりに重い告白に、千夏子は口元を押さえた。むろん、見かけた時の莉音の様子からして、何かのっぴきならない事態に巻き込まれた子ではあろうとは、予想を立てていたけれど。

（まさかそこまで大変なことだったなんて。どうしよう、なんて言えばいいのか……）

流石に背筋に冷たいものが走り、ゴクンと唾を飲む千夏子の前で、同じく茗も表情を強張らせたが。

「そうまでして、この子を守ってくれたんですね」

茗の言葉に、莉音ははっと顔を上げた。

「この子を、〝ちーちゃん〟を見つけてくれたのがあなたでよかった。莉音さん。……でも、あなたの大事な人たちを傷つけさせてしまってごめんなさい。あなたに罪があるなら、私にも償わせてください」

深々と頭を下げる茗に、莉音は目を閉じ、黙ったままゆるく首を振った。

「そういうのはいいから、代わりにちーちゃんを大事にしてあげて。この子のお母さん、あんたなんだから。もう二度と捨てたりしないで」

「……はい」

神妙な顔で頷いた茗と、そこでやっとほっとしたらしい莉音を見て、千夏子も苦笑しつつ胸を撫で下ろした。

そこで、ふと気づく。

「私……今日、死のうと思ってたの、本当は」

千夏子はポケットの中を弄《まさぐ》り、そこに詰め込んでいた睡眠導入剤を摑み出し、ローテーブルにばら撒《ま》いた。銀のフィルムと透明のパッケージに包まれた白い錠剤の群れ。驚いて千夏子を見る二人分の視線に苦笑を返しつつ、千夏子は口を開く。

「子供がいなくなって、その上、仕事も無くなって、夫の心も離れてしまって。もうおしまいだって思ったの。だから、本当は赤ちゃんが生まれるはずだった今日、自分も死ぬつもりだった」

私の人生はここまでだ、全部終わりだ。世の果てに来てしまったような、そんな心地だった。

おしまいだから、死のうと思った。いなくなった子供のところに、自分も逝こうとした。

「でも別に、終わりじゃなかったのね」

いや、おしまいはおしまいなのだ。

架空の十月十日は終わった。今までの価値観、今までの生活で暮らさなくてはいけない日常はおしまいになる。これからは、これまで通りにはいかない。でもそれは、新しい自分の始まりでもある。

(十月十日かけて……ちいちゃんと一緒に私は一度死んで、新しい自分を産みなおした、ってこと)

――ちいちゃん。

ふと、両親が幼い頃にかけてくれていた声を思い出した。

――子宮に吹き込む隙間風は、いつの間にか止んでいた。

9

『……区で起きた傷害事件についての速報です。「息子を刺した」と自首して逮捕された女性と同居していた十九歳の少女が、「本当に刺したのは自分だった」として、昨夜……署に出頭していたことがわかりました。なお、刺された男性は、依然、意識不明の重体で――』

リゾートマンションの部屋で洗い物をしていた茗は、つけっぱなしのテレビから流れてきたニュースに顔を上げた。カウンター式のキッチンからは、リビングがよく見える。大画面のテレビには、莉音本人の画《え》は流石になかったものの、事件現場とされるバラックのような家の外観や捜査中の警官などが映っていた。

「……莉音ちゃん、やっぱり自首したのね」

ダイニングのテーブルを拭いていた千夏子が呟くので、茗もうなずく。

――昨日のことだ。

『色々お世話になりました』

そう言って頭を下げた莉音は、すぐにここを出ていくという。

『警察に行かなくちゃ。ここにいたら、事情聴取？　とかで巻き込んで迷惑かけちゃうでしょ。だから出なくちゃ。瑞稀さんがあたしの代わりに罪を被るなんて絶対におかしいし、何より、自分でやったことの責任はちゃんと取らなきゃだもん……』

怖いけど、と付け加えて玄関に向かう莉音に、思わず茗は『待って』と引き止めてしまった。

『それなら、莉音さんの代わりに私が出頭したらどうでしょうか。赤ちゃんを庇ってくれたんだったら、元カレさんを刺した罪は私のものでもあると思うんです。莉音さんが一人で背負うのもおかしいですし納得いかない……』

『ありがと、けどそれは違うと思う』

茗の提案に、しかし莉音はキッパリと首を振った。

『あたしにとって、茗さんのやった悪いことは、ちーちゃんを捨てたことだけ。……瑞稀さんのそばにいたくて、あいつの理不尽を黙って見過ごしてたのはあたし。迷っているうちに、間違えたのはあたしだもん。だから、これはあたしの問題。……千夏子さんが、一回おしまいになってからやり直すって言ったのと同じだよ』

自分のした罪に対するしかるべき罰は受け、ちゃんと償ってから、あたしは、ちゃんと〝あたし〟を始めることにする、と。

そう言って、『茗さんは、ちーちゃんのこと、頼むわ』と唇を噛む莉音に、茗は思わず頭を下げた。

(この子はなんて強いんだろう)

『……ちーちゃん、って呼べる名前にします』

思わず、部屋の奥で眠っている赤ちゃんの方を振り向きながら。茗はそう言っていた。

『千鶴とか、千歳《ちとせ》とか。ちーちゃんって呼んでわかるように。それで、この子が大きくなったら、あなたにはお母さんがもう一人いたんだよ、って莉音さんの話をします。だから、きっとまた会ってやってください』

『……うん』

千夏子が「せめて」と渡した路銀を固辞し、最後に玄関からとって返して、一度ちーちゃんの寝顔を見つめてから。

『ちーちゃん……またな』

赤ん坊の柔らかな髪の毛を、ゆっくりと手のひらで撫でて。

『千夏子さん。どこにも行くあてがなくて途方に暮れてた時に……あなただけが声をかけてくれたの、嬉しかった。……あたし、そのこと忘れないからね』

最後にそう言い残し、莉音はペコリと頭を下げて、マンションを出て行った。

——莉音は、自分で身の振り方を決めた。自分なりに、ケジメをつけに行ったのだ。

「あなたたちは、これからどうするの？」

そこで、台拭きを洗いにキッチンに来た千夏子に尋ねられて、茗は目を瞬いた。

「あ、……ええと。まずはこの子のこと、ちゃんとしに行かなきゃ……」

「出生届を出したり、ってことね。それもだけど、暮らす場所とかは？　このマンション、一週間だけ延長しておいたけど、あなた、ネットカフェ暮らしはもう無理でしょう。赤ちゃんがいるんだから」

「うう、そうですね……」

「……その辺りも含めて、まずは役所に相談かしらね。私も付き添うわ」

「え⁉」

「赤ちゃん連れて落ち着いて相談も難しいでしょ」

流石にそこまで世話をかけられないと慌てふためく茗に、千夏子は肩をすくめた。

「あなたたちが心配なのもあるけど。別にそれだけじゃないのよね。私、今回のことで実感したの。なんかね、女ってだけできついことが多すぎるなって」

不妊治療での夫の無理解。実際に産むのが、乳を与えるのが女であるが故に、妊娠出産が「女性だけのもの」として捉えられ、キャリアへのリスクも、家事の負担も、結局女が引き受けるのが当たり前になってしまっている現実。

「私、そのあたりはもう仕方ないのかなって思ってたの、今まで。そういうのが〝普通〟の社会に生まれてきたんだから、どういう人生を送るかは自己責任！　もし困ることがあったら、それは今まで選んできたもののツケなんだ！　ってね……」

「……はい」

千夏子の言葉に、茗は頷いた。

（わかる、ものすごく）

不倫は自己責任。そのとおりだ。

望まない妊娠をして、赤ちゃんが生まれた。自己責任。それもそのとおりだ。なにもかもが自己責任。正論すぎて、実感するところが多すぎる……。特に、迷惑をかけてしまった千夏子の台詞だと。

しかし。

「でも、いざ自分がその〝普通〟じゃない〝自己責任〟の渦中に一度でも放り出されてみたらね……すっごくキツいわね。これって」

からっと笑って、千夏子は首を振った。

「自分のせいでしょって突き放しても、今目の前で困っている人が救われるわけじゃないし。忘れてしまいなよって言われても、今つらいのがどうにかなるわけじゃない。普通ならこうだよって言われても、普通になりかたが分からない」

だからせめて、これからは手を差し伸べる人でありたい。そういう仕事をしてみたい、と。千夏子はそう続けた。

「どうせ生きている限り歩き続けないといけない……なんて分かってるから。立ち止まって考える時間があってもいいんだって、誰かに言って欲しいじゃない」

ライターとしての千夏子は、一度フェードアウトしたことで取引先からの信用が失墜したものの、どうにか過去の縁を繋ぎ、経歴を再構築しはじめるつもりだという。そして、自分の経験をもとに、同じようにＤＶや妊娠出産のことで悩む女性にフォーカスした仕事をしていきたい、と。

子供さえできれば。

かつて千夏子は、その言葉を繰り返していたらしい。子供さえできれば、彼も変わる。子供さえできれば、何かが変わる気がする。子供さえできれば、普通になれる。恥ずかしくない夫婦でいられる。

「そんなわけあるかって話よね。子供がいない時にろくでなしな奴だった人間が、子供が生まれたからって変わるわけはないし……それ以前に、自分でも恥ずかしくなるくらい、無責任だったと思う」

「無責任……ですか？」

「そう。要するに、生まれてもいない我が子に、夫婦間の問題だったり、自己満足な家庭の理想だったり、勝手に考えた常識を押し付けているんだもの。子供からしたら、そんなの『知ったことか』って話なんだわ」

だから、と千夏子はいったん言葉を切る。これからのことは、まだ未知数だけれど。人生の道しるべはいつでも自分の中に持ちたいと。夫のせいでも、子供のためでもない。ちゃんと自分で考えて、決めて行く。選んでいく。

「もう私は、自分の人生の手綱を他人に握らせたりしない。恥も外聞も、普通も自己責任もくそくらえよ」

ぐるんと肩を回し、千夏子は笑った。

(まぶしいなあ)

茗は憧れる。莉音にも、だ。彼女たちの、その強さが眩しい。でも、——追いかければ、届かないわけじゃない。

「まあ、まずは仁と別れて、がっぽり慰謝料を請求してやるわよ。当面の生活に困らないくらいにはなるでしょ。あと、よっぽど隠したがってたみたいだけど、義両親には、流産のことも、あいつの不倫のこともきっちり説明する。不倫の証拠、あいつのスマホでせっかく見つけたのに、スクショ撮ってなかったのが悔やまれるなあ……それ以前に、自分のスマホに電源入れる勇気がまだ出ないんだけども」

多分、あいつからの着信がびっしりだわ、むしろ逆に何も連絡が入ってなかったりして……と額を押さえる千夏子に、「あ」と茗は提案した。

「私のメッセージアプリには、仁さんとの会話の履歴全部残ってます。それスクショして送りますね」

「あ、そっか、ラッキー！　お願いするわ」

「もし証言が必要だったら教えてください。なんでもします」

「頼もしいわね！」

力説すると、千夏子はからりと笑った。はたから聞いていたらよほどシュールな会話だろうな、と茗は苦笑する。仁もまさか、自分の妻と浮気相手が、二週間も同居しているなんて夢にも思うまい。

はあ、とため息をついた後。おもむろに、千夏子はこんなことを呟いた。

「仁くんのこと、正直、何もかも割り切れてるかっていうとそうでもないけど。憎らしいとかひどい目に遭わせてやりたいとか、そんな風にあの人のことを考えている時間って、無駄そのものなのよね。……私たちには、限られた時間しかないんだもの。流れる時間が同じならやりたいことのために使わないと。あんなくだらない男のために、これ以上貴重な人生を煩わされたくない。私たちにできる最大の復讐は、あんな奴いなくても、とびっきり幸せになること。……それ以外ないんだわ」

「……はい」

苦笑まじりに頷いた後。ややあって、茗は意を決して切り出した。

「あの、千夏子さん」

「何?」

「お金がないし子供もいるから、時間はかかるかもしれませんが。慰謝料、私にも相応の額、払わせてください。ちゃんと償いたいんです。千夏子さんにはお世話になって、助けてもらったのに……私がいい加減にしたくない」

茗の頼みに、千夏子はしばらくじっと考え込んでいたが。やがて、にこりと挑戦的に微笑んだ。

「……わかった。そこは容赦しないわよ。あなたとはハラを割って話した仲だけど、そこは自分の流儀としても、あなたへの礼儀としても、ね。妙な負い目も感じさせたくないし」

「はい。ありがとうございます！　えっと、情け無用でお願いします」

これまた妙なやりとりをしつつ、お互いに顔を見合わせてぷっと噴き出す。「変なの、私たち」「ほんと、変ですよね」と声を揃えてまた笑った。

(仕事を探して、また働きながら子供、育てなきゃ……そもそも、いろんなところに迷惑かけたのを謝ったり弁償したりも必要だし。この子と引き離されず、ちゃんと一緒に暮らせるのかわからない。頑張らないと。これから忙しくなる……）

——私が、誰かに助けて欲しかっただけなのよ。

——あなたを通して、私は私を憐んでいただけよ。あなたに感謝なんかされたくないわ！

ふと、あの日の血を吐くような千夏子の叫びを思い出す。悲しい、と茗は思った。千夏子の本心が悲しかったわけでは断じてない。そんなふうに、彼女が一人で苦しみ続けていたことが悲しかった。

そんなにも苦しかったのに。誰かに助けてほしかったのに。千夏子は偶然出会っただけの茗にも、莉音にも心を傾けてくれた。手を差し伸べてくれたのだ。茗は嚙み締める。その事実の尊さを。どんなに救われたかを。

（莉音さんと同じだ。……千夏子さんが、本当はどんなつもりで私を助けてくれたかなんて関係ない。私にとっては、ただあなたが助けてくれたってことだけが、すべてだから）

千夏子にしてもらった、たくさんのこと。最初に、あの繁華街の裏道で、赤ちゃんをコインロッカーに捨てた後に呆然としていた時に見つけてもらったこと。「大丈夫？」と声をかけてくれた人がいた記憶があれば、何があっても頑張れる気がする。

(だから、——私も。いつかはあなたみたいに。途方に暮れるくらい困った誰かを、見つけて、助けてあげられることができたら、なんて)

「ねえ、ところで茗ちゃん。名前はもう決めたの?」

「はい! えっと、千夏子さんから一字もらって……」

「ほあ……ほああ」

何気ない話を始めようとした時、ふと、眠っていたはずのちいちゃんが声を上げる。

「待ってね、お乳かな」と、洗いかけの皿を置いてそちらに向かいつつ、茗はふと考える。

仁を愛していた。家庭を夢見ていた。普通を望んでいた。けれど同じくらいそれに縛られていた自分は、多分、十月十日を経て、この子を産み落とした時に死んだのだ。

(愛するあなたという子を授かって、私も新しく生まれ直すよ)

赤ん坊を抱き上げて乳を含ませながら、茗はそっと胸に誓った。

愛《あい》するあなたの子《こ》を授《さず》かって、
十月十日《とつきとおか》後《ご》に死《し》ぬつもり。
朝日文庫

2021年6月30日　第1刷発行

著　者　夕鷺《ゆうさぎ》かのう

発行者　三宮博信
発行所　朝日新聞出版
〒104-8011　東京都中央区築地5-3-2
電話　03-5541-8832(編集)
　　　03-5540-7793(販売)

印刷製本　大日本印刷株式会社

Published in Japan by Asahi Shimbun Publications Inc.
定価はカバーに表示してあります

ISBN978-4-02-264995-9